爆肝工程師的
異世界狂想曲
14
Kadokawa Fantastic Novels

亞里沙
前庫沃克王國公主，
前世為日本人，
頭戴金色假髮變裝中。
「聽我唱歌啊啊啊啊！」
佐藤
闖進異世界的三十歲左右
程式設計師。
娜娜
面無表情的魔造人。
小玉
貓耳族少女。

露露
出身於庫沃克王國，
亞里沙的姊姊。
蜜雅
喜歡音樂的寡言精靈。
波奇
犬耳族少女。
莉薩
橙鱗族少女。
成功討伐樓層之主，
舉辦凱旋演唱會!?

「佐藤，這樣如何？」
受邀參加
太守夫人茶會，
準備新禮服！

爆肝工程師的異世界狂想曲

14

★★★

愛七ひろ

Death Marching to the Parallel World Rhapsody

Presented by Hiro Ainana

Kadokawa Fantastic Novels

插畫／shri

CONTENTS

Death Marching to the Parallel World Rhapsody 14

序章 …… 008
凱旋 …… 015
重逢 …… 046
笨拙女孩 …… 094
迷宮都市的女孩們 …… 139
迷宮都市的日常 …… 179
遇難 …… 216
常夜城 …… 240
骸與鎧 …… 269
最強的轉生者 …… 325
尾聲 …… 374
後記 …… 383

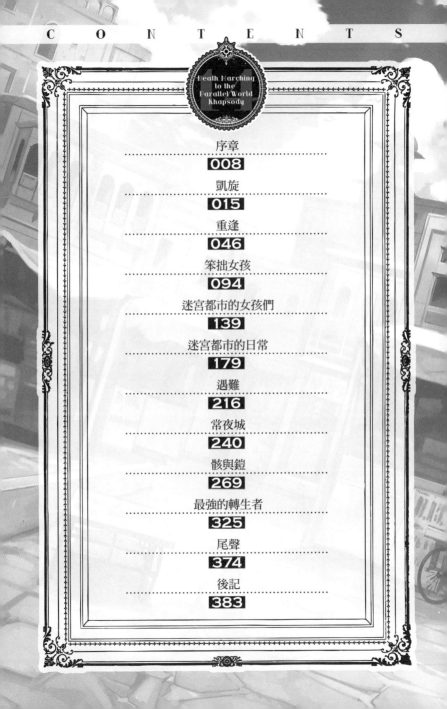

序章

「我是佐藤。人生可說有許多煩惱，但是很少有煩惱光靠自己想就能想出好答案。即使最後要靠自己決定，我認為跟大家商量，獲取不一樣的觀點，還是很重要的。」

「等級三百一十一～？」

紫髮女童聽了我說的話就驚聲尖叫，我耳朵都痛了。

魔王「狗頭古王」這件事讓同伴們操心了，所以我先把自己的等級告訴愛操心的亞里沙跟莉薩。

我把打倒狗頭跟流星雨的事情告訴過亞里沙，所以本以為她會只有「是喔」的簡單反應，結果把她給嚇傻了。

「冷靜點。」

「我怎麼可能冷靜！等級三百一十一喔！」

之前等級是三百一十，可能打倒狗頭累積了不少經驗值，就升了一級。

亞里沙大呼小叫，橙鱗族的莉薩就算吃驚，還是很冷靜地接受了。

「不愧是主人。」

笑盈盈的莉薩，或許挺罕見的。

莉薩不斷用尾巴敲打地面，看來心情相當好。

她這個種族的特色是脖子跟手背有橘色鱗片，看來好像閃閃發光，像是反映她的情緒一樣。

應該是不自覺釋放出類似魔力鎧技能的魔力了吧。

「莉薩真是的，還在講什麼『不愧是主人』！要更驚嚇一點啊！」

亞里沙「嗚嘎──！」怒吼一聲之後死纏住莉薩。

「即使是王祖大和跟沙珈帝國始皇帝，等級也只有八十八還八十九喔！史上最強的勇者都只有這樣，主人竟然是他們的三倍以上！」

「可見我們也要更加精進，才能幫上主人的忙。」

莉薩感慨地點頭。

兩人反應落差這麼大，原因想必是有沒有具備資訊來判斷狀況是否異常。

尤其莉薩使用能力提升裝備，主要討伐比自己更強的敵人。等級升得愈高，所需經驗值就會跟著呈指數提升，對她來說應該沒什麼感覺。

對她來說，等級三百一十一應該是「只要努力，總會升上去」的感覺。

「冷靜啊，亞里沙。」

我對兩人這麼說，然後提醒她們，我的等級是最高機密。

「知道了啦。」

「明白，即使要了這條命也不會洩漏祕密。」

兩人異口同聲答應。

看來沒問題，我本來想找來其他同伴說出自己的等級，但是莉薩跟亞里沙阻止了我。其他同伴也知道我是勇者，而且使用魔法不需要詠唱，但是沒有人洩漏祕密，應該是沒問題的吧——

「小玉跟波奇還是小朋友啊。」

「要是被惡劣大人套話，搞不好就說溜嘴了。」

——聽她們這麼說，我可以理解。

「只對她們兩個保密也太可憐了，就對其他人也保密吧。就說我跟莉薩是硬逼主人講出來的好了。」

莉薩點頭同意亞里沙的說法。

當我要去跟強敵交戰的時候，只要莉薩跟亞里沙保證沒事，其他女孩應該就不會擔心，那就這樣吧。

「反正說了等級三百一十一，人家也不信，就算說溜嘴應該也沒關係啦。」

我苦笑著回應亞里沙的玩笑話，同時使出空間魔法「歸還轉移」，從迷宮別墅回到同伴們跟精靈師父們所在的迷宮溫泉。

「還是說不出口啊……」

我還沒把「神之碎片」這部分的事情告訴亞里沙。

因為我認為說些沒根據的話，又沒有應對方法，只會讓亞里沙擔心。

我腦裡回想起跟狗頭的一連串對話。

『體內藏著「神之碎片」的種子姑娘——』

狗頭從這句話開始說起亞里沙這些轉生者，我想並非一切的真相，而且還有些是我的猜測，不過裡面有幾個重要的事實。

簡單來說，亞里沙這些轉生者體內含有「神之碎片」，而這個「神之碎片」可能是造成魔王化的原因。

基本上在搖籃對上「不死之王」賽恩的時候，他說濫用獨特技能才是毀滅的扳機，我想亞里沙並沒有馬上魔王化的危險。

◆

「——神之碎片？」

「不知道。」

「打倒魔王的時候會發出紫光啊……抱歉，沒看過。」

我問問精靈師父們是否知道「神之碎片」或轉生者的資訊，但是沒有新消息。

「勇者大作也不太談論討伐魔王的故事，我們精靈要是碰到『魔王季節』，只要沒發生天大的問題，都是乖乖聽話回自己的森林去。」

話最多的精靈比西羅托亞先生如是說。

「這樣啊……打擾各位了。」

「小事情，我們回波爾艾南森林之後，會問問有沒有人知道。」

我要離開他們的房間之前，他們答應我會問問。

當我獨處的時候，使用空間魔法「遠話」，試著聯絡住在波爾艾南森林的高等精靈，也就是心愛的雅伊艾莉潔。

她誕生於魔王還沒有出現在世界上的時代，或許會知道些什麼。

『——佐藤！』

才剛通話過去，她就大喊我的名字。

『雅潔小姐好啊，現在方便通話嗎？』

『當然可以！沒問題！』

那清透舒爽的嗓音，療癒了我徬徨擔憂的心靈。

我剛剛問精靈師父們的事情，又問了雅潔小姐一次，可惜得到的答案跟精靈師父們一樣。

『抱歉了，佐藤。』

『雅潔小姐，請別道歉。畢竟妳還特地為我去查世界樹的記憶庫呢——』

雅潔小姐說用「亞神」模式可以連接記憶庫，或許能查到什麼，所以從樹屋跑去世界樹一趟。

『我會再去玩。』

『隨時歡迎喔。我也想為蜜雅她們道賀，提前個幾天通知我，我會很開心的。』

我依依不捨地向雅潔小姐道別，結束通話。

我也問了波爾艾南氏族以外的其他高等精靈，可惜沒人知道「神之碎片」或「獨特技能」之間的關係，也不知道魔王化的原理。

精靈們通常都窩在世界樹附近，感覺對轉生者的事情不太清楚。

我想說賭個運氣，問了討伐狗頭時出現的神祕跟蹤狂女童，但是她毫無回應。

要是有個無所不知、活了好久好久的轉生者，那就有搞頭。可惜這又不是故事書，我想不會有那麼巧的事情。

既然手邊也沒資料，我想只好乖乖查詢古老資料來追答案了。

「主人，你在這裡啊！」

當我在辦公室煩惱的時候，亞里沙出現了。

她開朗的嗓音讓我打起精神。

「精靈師父們在溫泉使用水魔法表演水舞喔！我們一起去看吧！」

「那應該很好玩喔。」

我轉換心情，跟亞里沙一起去溫泉。

由於很快地成功討伐了「樓層之主」，我打算在迷宮裡打發五天時間，每天吃喝玩樂，泡溫泉靜養，然後認真開始想辦法收集資料。

欲速則不達，慢慢來吧。

凱旋

「我是佐藤。我並不討厭參加吵吵鬧鬧的慶典，但是沒想過自己會成為慶典的主角。大家向我道賀，我是既開心又難為情。」

「「「潘德拉剛！潘德拉剛！潘德拉剛！」」」

沿路群眾高喊著我們探索團隊的隊名。

「嗚哈——好驚人的聲援啊！」

亞里沙穿著魔法少女風格的禮服，站在豪華雙層馬車的前頭領隊，向馬路兩旁的群眾用力揮手。

當然是戴著金色假髮，隱藏她那不吉祥的紫色頭髮。

「亞里沙，妳身子探得太出去會掉下去喔。」

亞里沙身子探得太出去，我拉著皮帶把她拉回來。

公會長與太守共同舉辦的「樓層之主」討伐遊行，今天一早就開始了。

魔像馬拉著大型馬車，靈活地穿梭在迷宮都市錯綜複雜的馬路上。探索家學校的學生們在馬車前面帶隊，手持掛著一籃花瓣的長竿，邊走邊搖晃著灑花。這種熱熱鬧鬧的慶典感覺真好。

「我知道啦，主人。」

亞里沙回答，笑逐顏開。

除了我之外的席次，是昨天晚上抽籤決定的，甚至還要先抽籤來決定抽籤順序，可說相當嚴謹。

看來大家都很期待這場遊行。

大家都穿正式禮服，對眾人展露笑容。

禮服搭配了角色扮演風的大肩甲，還有小披肩，是個「仿造探索家」風格。肩甲上加裝了沒啥意義的圓圓玻璃珠，感覺是很懷念的昭和風情。

不光是同伴，我穿的當然也跟平常不同。

我一身金線刺繡的白色貴族禮服，披著亞里沙選的亮眼金色流蘇肩飾小披肩。

「好多人～？」

「大家要笑著揮手喲！」

亞里沙左右兩邊，各一個狗耳狗尾女孩波奇，貓耳貓尾女孩小玉，不斷揮著手跟尾巴。

「主人應該對路邊群眾揮手，我這麼報告道。」

我在雙層馬車的第二排位子，左手邊是金髮巨乳的娜娜，跟平常一樣面無表情，但是抱著我的手臂，感覺相當開心。

我知道了，就別再用胸擠我的手臂啦。

妳穿著金屬胸甲，擠起來很痛的。

「姆，有罪。」

坐我右邊的精靈蜜雅，從娜娜胸前拔出我被困住的手臂。

而且拔得太用力，整個人都撲倒在我大腿上。

「在馬車上胡鬧很危險的。」

腿上的蜜雅抬頭往我看。

她淺綠色的頭髮綁著雙馬尾，露出精靈的特徵，有點尖的耳朵。

「抱歉。」

她還是一樣說話很省字。

「主人，手。」

娜娜又要求，所以我就揮揮手。

「「「少爺～！」」」

我一揮手，馬路兩邊的年輕女孩們就歡聲尖叫。

感覺我好像成了歌手還是演員，有點害羞。

「露露也揮揮手啊。」

我對縮在後排的露露這麼說。

「怎、怎麼行呢，哪輪得到我揮手……」

露露的美貌連美若天仙都難以形容，卻被這個世界的人貶成醜女，真是不幸的女孩。

今天她沒有武裝，穿著平時的女僕裝，搭配跟亞里沙她們同款的角色扮演盔甲。

「沒那種事，妳快看看。」

我摸摸露露的黑髮，指著馬路的一角。

「「「露露大人——！」」」

豪宅裡的小女僕們正往這裡猛揮手。

露露教過她們烹飪和防身術，所以她們非常仰慕露露。

「妳們……」

露露看了就笑開懷。

嗯，實在養眼。

「快，莉薩也揮揮手。」

「是……遵照主人吩咐。」

莉薩回答得有些緊張。

遊行途中她還是扛著魔槍多瑪，有點為難地揮揮手，橙鱗族特有的橘色鱗片，在陽光下閃閃發亮。

「「「唔喔喔喔喔！是黑槍莉薩啊！」」」

路邊的探索家不分男女，紛紛大喊莉薩的名字。

莉薩看來不以為意，不為所動，但是尾巴正拍打著馬車地板。

我想她心裡也是挺舒服的。

「豆鎧！妳們傷好啦——！」

小玉跟波奇穿上丸鎧，民眾就這樣暱稱她們。

說到民眾所擔心的傷，其實是大概兩天前討伐完「樓層之主」大家假裝受了傷，因為全員毫髮無傷也太不自然了。

波奇跟小玉身上的假盔甲故意打得破破爛爛，裝得像死人一樣給莉薩扛回來，大家肯定印象深刻。

「我不是說了嗎？她們這樣熱情揮手，沒事的啦。」

「怎麼能這麼說，連那個『不見傷』的潘德拉剛都打到血淋淋啊。」

路邊觀眾說的「不見傷」，是因為我們潘德拉剛小隊每次從迷宮回來都毫髮無傷，所以探索家們給我們這個稱號。

其實每次戰鬥之後，都會在回地面之前先療傷。包含三個後衛在內，我們隊員沒有沒受過傷的。

「那個盾公主自豪的大盾也破掉啦。」

盾公主好像是娜娜的暱稱。

「盾公主！今天沒拿盾啊——！有需要新的盾，請光顧班森防具鋪——！」

還趁機幫自己的鋪子打廣告，真會做生意。

「黑槍莉薩！下次我會贏妳——！」

「混蛋！要先贏的是我！」

「呸，先學會魔刃再來吧你！」

從迷宮回來之後，有更多探索家跟武師來挑戰我們。

都是莉薩替忙碌的我擊退這些挑戰者。

最近愈來愈多挑戰者直接指名要莉薩。

「「「小亞里沙～看這邊～」」」

「「「娜娜～！快說靠～過～來～！」」」

路上還聽到小朋友的喊聲。

看來私立養護院的小朋友也來看遊行了。

「「「蜜雅大人～！」」」

另一邊路上有群纖瘦的年輕人，應該是妖精族。

「蜜雅大人！美得我眼花撩亂啊！」

「啊啊，蜜雅大人，今天那空靈的側臉還是如鈴蘭般清透——」

喔喔，蜜雅好受歡迎啊。

我對蜜雅開玩笑說「妳好受歡迎喔」，結果她加重口氣否認說「沒有」。

或許我是太粗神經了，反省反省。

「「「亞里沙！下次請我們吃串燒啊！」」」

結果會喊亞里沙的就只有小女孩跟壞小孩，真可憐。

我想亞里沙也不想聽我安慰，就隨她去吧。她不時偷瞥我，嘴裡喃喃抱怨「怎麼又是小鬼頭～」，但是善心有時候反而傷人心，當作沒看到應該是對的。

話說大家真是笑開懷啊。

魔王「狗頭古王」出現在迷宮都市西方的大沙漠，遭到驚天動地的「星降」而消滅——這件事情發生還不到十天，結果幾乎沒有人記得了。

這也是幸好我利用大沙漠底下沉睡的舊孚魯帝國都市核心，盡力避免迷宮都市遭到二次傷害。

當時用儀式召喚「樓層之主」結果跑出魔王，是有點吃驚啦，不過還好是出來找我，我的朋友就不必丟掉性命——就往正面思考吧。

「潘德拉剛士爵～將軍要開他的壓箱寶喔～」

「不快點來我就喝光了！」

人群之間還看見迷宮方面軍的狐將校跟隊長先生，對我們用力揮手。

我對狐將校他們輕輕揮手回應。

如果沒有那個巧合，去調查沙漠的希嘉八劍赫密娜小姐，以及幫忙帶路的狐將校，肯定都要被魔王殺死了。

「主人也要更用力揮手啊！」

笑盈盈的亞里沙抓起我的手用力揮舞。

「「「少爺～！」」」

路上有許多花枝招展的姊姊喊我，看來是娼妓，我也笑著對她們親切揮手。

但是亞里沙跟蜜雅卻莫名從左右各捏我一把，搞不懂。

最近我都沒有夜生活，每天過得像和尚一樣清心寡慾呢。

現在局勢安頓下來，找些迷宮都市的朋友來過個夜生活吧。

「有罪。」

「這張臉肯定是在打什麼歪主意！」

怪了，「無表情」技能老師應該很努力工作才對，卻被蜜雅跟亞里沙兩人給發現了。

「哈、哈、哈，沒那回事好嗎？」

我說得支離破碎，此時雙層馬車抵達終點了。

「唔哇～會場裡好多人喔。」

遊行終點是西探索家公會附近的會場，裡面人山人海，各種地位都有。

太守夫人，迷宮方面軍的艾魯塔爾將軍，公會長，我的好友們好心為我安排這個會場。

我以為沒那麼誇張，但是看到這麼盛大的人潮，西門前的圓缽廣場肯定塞不下，只能說他們真有先見之明。

之前傑利爾先生他們舉辦「樓層之主」討伐慶功宴的時候，公會前也是人山人海沒錯。

「那麼照計畫，先讓我打招呼，再讓亞里沙妳們介紹戰利品。」

其實中間還有貴賓致詞，不過我們會像聽校長講話的小學生，左耳進右耳出，不管了。

「ＯＫ——！」

亞里沙精神飽滿地回話。

「我會好好炒熱場子，拍賣個好價錢！」

「適可而止喔。」

「我知道啦！出貨之前會附上鑑定書，也會注意不要說謊啦。」

亞里沙這樣答應我，立刻開始檢查戰利品的鑑定書。

「那麼多東西不能留在身邊，真可惜啊。」

露露貼心地這麼說。

——正是如此。

同伴們打倒「樓層之主」獲得的戰利品，名義上要暫時沒收去「獻給國王」，在王都舉辦公正的拍賣會，賣掉之後的金額才由國王「賞賜」下來。

我們從迷宮回來之後，公會長把我們叫去說了這件事。

有極少數戰利品是能夠「破壞國際勢力平衡」的武器或魔法道具，這就不會拿去拍賣，而直接收進王城寶庫。這種東西若已拿去拍賣，探索家可以獲得估計拍賣金額的三倍補償。

「這也沒辦法，為了防止糾紛，這個慣例行之有年啊。」

聽說以前貴族們曾經為了珍貴的戰利品，打得血流成河。

基本上，討伐隊伍可以優先保留一項戰利品。

有些貴族會為了珍貴戰利品而贊助探索家隊伍，但是不一定會打得到，還不如去拍賣會買比較有效率。這個文化建立起來之後，戰利品的糾紛也就減少了。

「——主人，我都檢查過了。隨時都可以喔。」

「那，我們走吧。」

我帶著同伴們前往會場。

「今天，各位前來參加我們『潘德拉剛』的——」

我站上講台致詞，旁邊的莉薩高舉赤雷烏賊帝的魔核。

致詞結束之後，又是貴族、仕紳、祕銀證探索家們接連致詞。

看來就算世界不同，大人物講話還是又臭又長。

我靠著「無表情」技能幫忙，笑著撐過痛苦時光。

不過小朋友們跟娜娜半途就聽膩了，一整個無聊。

「——久等啦，再來交給你們。」

「交給我們——！」

主持人給我的麥克風，我又交給亞里沙。

其實這並非麥克風，是一種錫杖型魔法道具，具有擴音功能，不過對於有現代日本知識的人來說，它就是麥克風。

聽說原本是用來指揮戰場，鼓舞士氣的工具。

「各位久等啦，要介紹戰利品嘍！」

亞里沙精神奕奕的聲音響徹會場。

「「「唔喔喔喔喔！」」」

會場裡的群眾也跟著亞里沙熱情洋溢。

「首先是這個！萬能許願器——不對啦，萬能靈藥！身體損傷、中毒、石化、不治之症，乃至於魔王詛咒，什麼都能治好的萬靈藥啊啊啊啊！」

「「「唔喔喔喔喔喔喔喔喔喔喔喔喔喔喔喔喔喔喔！」」」

亞里沙旁邊的露露拿出一個五百毫升的大瓶子，裡面裝著深紅色液體。

我們從寶箱裡找到的萬靈藥，怎麼顏色跟我做的不一樣呢？

鑑定結果確實是萬靈藥，效用好像也相同，但是我的萬靈藥是小瓶藍色藥水，寶箱裡的是特大號。我想是製程跟材料不同吧。

之前「區域之主」的寶箱裡出現下級萬靈藥，還沒看什麼顏色就喝掉了，所以最近才開始注意顏色。

「魔法藥我們還多得是，等等再看！接著是大家最愛的魔法裝備啦！」

如果照順序介紹下去，觀眾會看膩，所以亞里沙說只介紹重點商品。畢竟照分類整理的清單昨天就貼在公會前面了。

「今天的主角已經下台休息啦？」

穿著禮服的公會長從後面喊了我一聲。

「哪裡，今天的主角是她們啊。」

「『不見傷』潘德拉剛身受重傷回來的時候，我還擔心得很，看來是都痊癒啦。」

公會長和藹地環視會場裡的同伴們。

「一起挑戰『樓層之主』的朋友們已經回去了嗎？」

「對，在訪問公會的當天就離開迷宮都市了。」

我這麼回答公會長，並回想起他們回去那天的事情——

◇◇◆◇◆◆

「真是，想不到真的搞定『樓層之主』啦。」

「是啊，不過也是跟這幾位合作啦。」

我們剛從迷宮回來，我就先去公會長辦公室報告討伐「樓層之主」的細節。

在場的只有假裝參加討伐的各隊伍領隊，其他人宣稱要療傷，已經回大宅去了。

「八個團體，一百零二人去挑戰，只有十六人生還啊。損失慘重，不過可是創下最快紀錄了。」

最快紀錄讓我有點吃驚，幸好「無表情」技能有幫忙。

討伐之後我們還在迷宮裡打發了五天左右，每天吃喝玩樂，竟然還創下最快紀錄喔……

「因為我們編隊重視火力啊。」

總之我隨口敷衍過去。

烏夏娜祕書官把各式文件擺在桌上，繼續說了。

「要申請祕銀證的有『潘德拉剛』『精靈弓』『武士大將』『藍薔薇』『雙鬼』『大精靈的祝福』六個團體，共十六人是嗎？」

「在下就不必了。」

「我也不用。」

「短命人子的稱號，用不上。」

「同上。」

「我只是來還氏族的人情。」

「呃，這個……」

我應該重新教一次精靈師父們怎麼演戲才對。之前教的劇本，可能昨天一場酒席全忘光了。

烏夏娜小姐聽到出乎意料的回答，不知如何是好，我連忙出手相救。

「讓我們申請吧。」

「啊，好的，所以除了『潘德拉剛』之外都不申請嗎？」

「囉嗦。」

「其他事情由潘德拉剛卿安排。」

精靈師父們口氣堅決，害公會長跟烏夏娜小姐傻眼了。

除我之外的其他人，在公會長同意之下先離開辦公室。

「這就是話不投機半句多的感覺啊。」

公會長看著關上的門，嘆了口氣。

「日後要再詢問一次嗎？」

「不必，祕銀證不是強迫要辦的，既然人家說不用，我們也不勉強。總之就先列舉戰利品目錄，製作佐藤他們的申請書吧。」

「遵命。」

公會長看烏夏娜小姐離開辦公室之後，轉頭對著我。

現在辦公室裡只剩我跟公會長。

「剛才那批人都變了裝，其實應該是波爾艾南氏族的精靈們吧？」

公會長這麼問，我沒有明確回答，只是笑著裝傻。

其實精靈師父們說了「短命人子」跟「氏族」這些妖精族特有的說法，公會長的顧問賽貝爾凱雅小姐又是布拉伊南氏族的精靈，兩人認識那麼多年，會發現也不足為奇。

「他們說欠你一個人情，到底要欠多少人情，他們才會出借戰力幫你打『樓層之主』啊？」

「小事情就別問太多了，莉莉安。」

賽貝爾凱雅小姐不知何時跑進辦公室來，用手上的古木杖敲了公會長的腦袋瓜。

「別叫我那個名字。」

抗議的公會長本名索娜——莉莉安是過去的刺耳外號。

「我可不是問好玩的，他隨便就找來足以攻陷城市的戰力好嗎？總不能三兩句就蒙混過去吧。」

想不到我為了隱瞞同伴的裝備跟力量而找來冒牌軍團，竟然會惹出麻煩。

「妳這是杞人憂天了。」

賽貝爾凱雅小姐不斷拿手杖敲公會長的腦袋。

「別打了，我也不覺得佐藤會有多大的野心啊。」

公會長揮開賽貝爾凱雅小姐的手杖。

「但是不代表所有人都知道佐藤清心寡慾喔！」

原來如此，這不是盤問，而是在擔心我啊。

「公會長就別擔心了。這次有援軍是空前絕後的奇蹟，奇蹟不會有第二次了。」

我靠著詐術技能跟解釋技能的幫忙，表示這次精靈師父們出手相助是空前絕後。實際上，我也想不到以後有什麼狀況，會需要請精靈師父們出差。

「那也就好了，我想你應該知道——」

公會長這才接受，然後說出「樓層之主」的戰利品處理慣例，還有這次凱旋遊行、王都授勳這些事情。

下個月初的王國會議上，國王會頒發勳章與榮譽士爵的爵位，給擁有祕銀證的探索家們。

像我這種本來就有爵位的人，通常只會頒個勳章，但是我檯面上擔任「樓層之主」討伐隊隊長，所以確定會晉升為榮譽準男爵。

不過對我來說，榮譽士爵能夠受到貴族待遇，就已經夠用了。

◆◆◇◆◇◇

「──佐藤，聽到沒？佐藤？」

公會長搖搖我的肩膀，把我從回憶中拉回來。

「哎呀，不好意思，我發呆了一下。」

「所以，你決定要保留哪個戰利品了嗎？」

「是，我決定優先所有權的行使對象，是『物品鑑定』的寶珠。」

所謂寶珠，就是使用之後能夠獲得技能的「祝福的寶珠」。

我們在戰利品寶箱裡總共發現三顆「祝福的寶珠」。

寶珠是只能用一次的「祕寶」，用過之後分別能賦予使用者「物品鑑定」「麻痺耐性」「水魔法」三種不同技能。

其實我偷偷期待能找到「詠唱」寶珠，可惜天底下沒那麼好的事情。

這次找到的三顆寶珠都算是相當不錯，公會長說「物品鑑定」寶珠更是稀有中的稀有。

到底該留下哪顆寶珠呢？可以讓坦克娜娜或補師蜜雅獲得「麻痺耐性」，讓坦克娜娜或後衛露露獲得「水魔法」，也可以讓斥候小玉、大廚露露、博學的亞里沙獲得「物品鑑定」，這讓我們爭論許久。

最後我們決定讓露露獲得「物品鑑定」來確保食材安全，所以要留下「物品鑑定」的戰利品給露露使用。

用吃飯當標準來選，真是一群愛吃的小朋友。

「「「唔喔喔喔喔喔喔喔喔喔喔喔喔！」」」

一陣盛大的歡呼打斷了我跟公會長的對話。

看來會場上正在介紹魔法武器。

「這次像樣的武器好像不少喔。」

「是啊，不算詛咒武器的話，有十件以上呢。」

亮點項目是真鋼製的戰鎚和麻痺棘槍，祕銀的短劍與雙劍，青鋼的戰斧與斧槍，顏面樹的大弓，螳螂的鑾刀，雷晶杖，以及幾隻雷杖。

「啊？你討厭詛咒武器嗎？」

公會長難以置信地問我。

「也不是討厭，但是照理說不會去用吧？」

「倒也不會——你看。」

公會長往某個方向指去，我看到一個赤鐵探索家，背上背著黑色劍刃的大劍。

那把大劍造型之詭異，根本不必發動瘴氣視就知道是詛咒武器。

「還有呢——」

我照公會長指的方向依序看去。

會場裡的高等級探索家裡面，有兩到三成帶著詛咒武器。

「這麼一看還真是出奇多啊。」

「對啊，迷宮寶箱的詛咒武器出現機率比普通魔劍要高。最重要的呢，詛咒武器遠比普通武器更強，就算多少有點缺陷，還是很多人願意忍下來拿去用。」

遊戲裡面常有「拿到詛咒武器，必須解咒才能放手」的設定，看來這裡不太有這種狀況。

如果武器真的有致命的詛咒，當然會馬上拿去神殿淨化。

話說在歐尤果克公爵領的波爾艾哈特自治領，跟我一起做妖精劍的矮人杜哈爾老先生，也是用詛咒戰斧喔。

「「「唔喔喔喔喔！」」」

又傳出響亮的歡呼聲。

亞里沙每次介紹戰利品，會場裡的群眾就激動起來。

「噹噹！這就是今天的亮點！」

亞里沙一喊，還傳出鏘鏘鏘的音效。
看來是蜜雅在演奏背景音樂或音效，幫忙炒熱氣氛。
還特地用精靈魔法叫出樂器類的擬態精靈「演奏者」來幫忙。
真是夠講究的。
「『雷手鎧』喔！主要材料是祕銀，感覺稀鬆平常，但是這觸手可厲害了！」
「「「喔喔喔喔喔！」」」
拜託，你們不要在人家解釋怎麼「厲害」之前就大喊好嗎？
助手波奇跟小玉拉長雷手鎧的觸手，讓大家看看最長有多長，那模樣真可愛。
「請看，觸手會自動幫穿戴者擋住攻擊喔！」
「「「喔喔喔！」」」
哎呀？好像不是他們想要的功能，聲音變小了。
我覺得這挺方便，但是穿戴期間，ＭＰ上限永久扣除一百點，魔法使可能不適合用。
雷手鎧是全身裝甲，還可以配合穿戴者自動調整尺寸，不管是誰都能穿上。
這功能感覺很遊戲，但是對迷宮產的魔法鎧甲來說好像不算罕見。
實際上盔甲的自動調整跟遊戲不同，有調整的極限，大概正負百分之二十的範圍。我覺得這範圍有點小，但是除了極端體型之外，應該都能穿得下才對。

根據我在精靈鄉聽到的消息，迷宮寶箱難得出現有調整尺寸功能的金屬防具，材料通常是真銀與真鋼的合金去搭配，不過這套盔甲的主要成分是祕銀。

肯定有我不知道的製法。

我壓抑不住研究慾望，打算分解它，這點要保密。

最後亞里沙說的亮點盔甲，群眾反應還不如真鋼製的戰鎚，以及金剛貝的大盾。金剛貝大盾會讓使用者獲得「金剛殼」的技能效果，所以很受歡迎。

材料我也有，下次有空做做看吧。

外觀也很好看，應該適合當娜娜的假裝備。

◆

「辛苦啦。」

「呼～好累喔。」

「嗯，疲勞。」

亞里沙她們下了舞台，我送上冰涼的貝利亞水。

「樓層之主」討伐慶功大會長達兩小時，算是平安落幕了。

亞里沙的口氣很有娛樂性，加上蜜雅操控演奏用的擬態精靈，發出音效刺激群眾情緒，會場氣氛熱到都有危險了。

所有節目剛剛結束，會場開始吃起自助餐。

太守夫人找來的樂團在舞台上演奏開心的樂曲。探索家學校公費生甄選考試時認識的吟遊詩人沙里修沙斯，以我們為主題唱起詩來。

「迷人的香味～？」

「感覺很好吃的香味喲。」

小玉跟波奇閉上眼睛聞個不停。

這會場外圍開了數不清的攤販，準備各式各樣的好菜美酒，全都是免費供應。

聽說費用由探索家公會——應該說是由國王負擔，其實由我出錢也可以，不過人家說是慣例，恭敬不如從命。

「妳們兩個，還不能吃飯，要先把工作做完。」

莉薩開始跟公會員工一起搬戰利品。

為了安全起見，戰利品在送至王都之前，會先保管在探索家公會地下的大保險庫。

「可是啊，這樣好嗎？」

「什麼好不好？」

前往地下大保險庫的路上，亞里沙為難地問我。

「因為主人之前不是說，不想太顯眼嗎？」

「沒關係，我是怕自己的小朋友們還不能保護自己，才不想太顯眼，免得被奇怪的傢伙給盯上了。」

現在我的同伴們，就算碰上軍隊應該也能應付吧。

如今人脈建立起來，有什麼勢力要跟我們作對，都會先聽到風聲，看是要拉攏起來，利用一下，還是迅速排除都可以。

以我來說，被奇怪的人盯上就排除人家，好像會立起魔王旗標，所以我才不想太顯眼。

如果被一堆人追殺，就沒心情遊山玩水了。

也是因為這個理由，除了自己人之外，我不想透露自己就是勇者無名。

我可不想變得跟勇者隼人一樣，辦公忙到沒時間去玩。

「但是會不會被希嘉王國強迫扛個怪職位啊？」

「沒問題吧，聽說除了公會長這個迷宮資源大臣之外，其他大臣跟將軍的位子，都是由王公貴族獨占。就算國王真的要求下來，頂多只是騎士團或情報部門的位子吧？這點小要求，靠我的人脈隨便都能推得掉。」

要我當王宮大廚的可能性還比較高。

公會員工陪著我，將之前介紹過的戰利品送進地下保險庫。

「——搬運完成，之後會由公會員工和王都的近衛騎士團負責送往王都。」

「有勞各位了。」

烏夏娜祕書官鎖上地下大保險庫，之後就交給她了。

慎重起見，主要的戰利品都有先加上標記。

「各位都辛苦了。我要去餐會上跟大人物們打招呼，妳們怎麼打算？如果累了，可以回大宅休息喔？」

我們走回公會地面樓層，路上我問大家的打算。

「不行啦！我要跟蜜雅她們一起上台演唱！」

「——演唱？」

剛才照標準程序介紹完戰利品，看來舞台空著是準備辦演唱會助興了。

「嗯。」

「小玉是迷人舞者～？」

「波奇也會跳舞轉圈圈喲！」

「那就好玩了，等等我一定會去看。」
我摸摸小朋友們的頭，答應下來。
「嗯，打勾勾。」
「一定要來喔？」
「加油油～」
「打造最棒的舞台喲！」
有四個人看來鬥志高昂，其他人呢？
「主人，我要跟養護院的幼生體去逛攤販，這麼報告道。」
「沒時間休息了，我有使命要征服所有攤位上的肉！」
這兩人真是始終如一啊。
「肉～？」
「糟糕喲，如果跳舞就吃不到肉喲。」
「難題～？」
小玉跟波奇手忙腳亂，左右為難。
看來她們總算發現，辦演唱會就不能逛攤位了。
「妳們兩個別擔心！我有拜託大宅裡的小女僕們，把攤位上好吃的肉買下來送去後台。」

「超棒～？」

「不愧是亞里沙喲。」

小玉跟波奇誇獎思緒周延的亞里沙。

「主人，有人請我表演迷宮大魚解體秀，我可以去嗎？」

「當然可以，但是要用這種普通菜刀喔。」

我從儲倉裡面拿出「魔法背包」交給露露，裡面裝了巨大的菜刀。

迷宮別墅裡常用的奧利哈鋼鮪魚刀金光閃閃，總不能當著大家的面來用吧。

「是！」

是說迷宮大魚只有迷宮中層才有，到底誰去捕的啊？

等我們回來之後才去捕，應該來不及，或許是精通美食的商人本來就有其他人訂的貨，特地轉讓的。

「露露大人，我們該走了吧？」

穿著圍裙的大宅女僕們來找露露。

看來她們也要幫忙進行迷宮大魚解體秀。

「主人——」

「嗯，妳就去吧，我等等會過去。」

「是！」

露露非常開心地點頭。

這可得記得去才行。

「主人，我也要去養護院回收幼生體，這麼宣告道。」

「他們應該快等不及了，妳就快點去吧。」

「是，主人。」

娜娜點個頭，前往私立養護院。

「那，我們也出發吧。」

「就是啊——」

我在回答亞里沙的時候，突然閉上嘴。

因為ＡＲ顯示的雷達，告訴我即將與懷念的人重逢了。

◆

「真正的探索家公會果然很擠啊。」

「就是啊，伊歐娜小姐……真沒想過會有這麼擠。」

那人還混在人群裡，看不見。

「魯鄔，那邊的肉串分一串給我吧。」

「喔，好啊，跟妳那串紅色的換。」

「哎喲！還想說妳們兩個到哪裡去了，原來是去買東西吃！」

「因為每個攤販都不收錢，不吃就虧大啦。」

「好像是什麼慶典的，不過全部免費吃也太海派了吧。」

「嗯，說是慶祝一個叫潘德拉剛士爵的貴族大爺，討伐了很強的魔物喔。」

還是一樣吵吵鬧鬧。

人潮中看見了陽光般的金髮。

那是比娜娜更亮眼的金髮。

「哎喲！我們應該要去找職員打招呼才——」

——眼睛，對上了。

「佐、佐藤先生！」

那人把手上的行李直接拋給莉莉歐，撥開人群往我這邊跑來。

沿路上不斷對自己差點撞上的人客氣道歉，雙眼卻盯著我不放。

「佐藤先生。」

「是。」

她衝得太猛，直接撞進我懷裡來，我輕輕抱住她。

即使身穿輕便的皮甲，還是感覺到她的柔軟。

「佐藤先生。」

她不斷喊著我的名字，我等她說話。

她從我懷裡抬頭看，眼角泛淚。

「——我跑過來了。」

這一句話，說得感慨萬千。

她說話的聲音微微顫抖。

「潔娜小姐，歡迎來到迷宮都市。」

潔娜小姐聽到我的歡迎，原本擔憂的笑臉大大開心起來，像朵盛開的花。

好久不見。

潔娜小姐。

重逢

「我是佐藤。俗話說士別三日，刮目相看，看來並非只有男人會在久別之後有所成長，我覺得女人改變得還比較多。」

「什麼時候到迷宮都市來的？」

「昨天稍晚的時候。」

聽說潔娜小姐他們任職的部隊，是聖留伯爵領軍的迷宮選拔隊。

我之前就從地圖資訊得知潔娜小姐她們前來迷宮都市賽利維拉，但跑去迷宮選拔隊據點玩再假裝碰巧遇見，感覺有點像跟蹤狂，我就還是自重了。

「打擾一下喔，好了好了，分開分開～」

「嗯，不知羞恥。」

我跟潔娜小姐不經意抱在一起說話，亞里沙跟蜜雅硬是擠進來，把我們兩個拉開。

潔娜小姐發現我們一直抱在一起，像個默劇演員般手忙腳亂，連忙分開。

「對、對不起，我真是的……」

「哪裡哪裡，妳對重逢這麼開心，我也開心。」

原來潔娜小姐竟然這麼熱情啊。

在聖留市迷宮事件重逢的時候，她也是撲過來抱我的。

「喲——佐藤的心上人啊？」

公會長跑來找麻煩。

「這位是領軍的魔法兵，馬利安泰魯士爵家的潔娜小姐，在聖留市關照我不少。」

可能是我介紹得不好，潔娜小姐表情有點不開心。

或許我該介紹說「是我重要的朋友」？

後面的群眾開始說起聖留伯爵領的傳聞。「聽說出現新的迷宮了。」「被上級魔族攻擊還沒事呢！」「逼小兵跟飛龍交戰的殘忍軍團啊。」真是五花八門。

聖留伯爵領遠在這個國家的另一頭，卻有這麼多人聽說過，可見多出名。

「——潔娜大人。」

莉薩把魔槍多瑪放在地上，以高跪姿向潔娜致敬。

「您或許不記得曾經在聖留市救過我一命，我叫莉薩。多虧潔娜大人，我才能侍奉主人，打下豐功偉業。大恩大德，無從言表。」

莉薩在聖留市的「惡魔迷宮」會合時已經道謝過，真是重情義啊。

潔娜小姐看到莉薩的態度也是不敢當，回答說「我當然記得」。

「喂，黑槍莉薩把槍放下啦！」

「竟然能救那女傑一條命，是什麼大人物啊？」

「聽說聖留市軍隊把飛龍當雜碎看，原來是真的啊。」

「那姑娘乍看樸素了點，不過挺可愛的吧？」

群眾們好吵啊。

「感謝～？」

「謝謝喲。」

小玉跟波奇看到莉薩的態度，也想起潔娜來，跑到莉薩旁邊模仿高跪姿。

「小的不才，若是有何需要幫忙之處，儘管吩咐。只要主人答應，我立刻趕去幫忙。」

「不用了，妳開口道謝就夠啦。」

莉薩真心誠意，潔娜更加不敢當。

現在的莉薩或許不能打龍，但是單挑飛龍應該很輕鬆。

「哎呀呀，的喲。」

「波奇～？」

波奇一個重心不穩往前滾，害羞地說：「哎嘿嘿，的喲。」謙遜的潔娜看了也會心一笑。

周遭群眾看了波奇可愛的樣子都跟著微笑。

但是有個壯年男子搞不懂狀況，拉開粗獷的嗓門攪局。

「黑槍莉薩！大爺我是『白矛騎士』凱倫！要找妳單挑！」

這男人手拿白柄長矛，自稱凱倫，穿著熟悉的盔甲。

那是聖騎士的盔甲。

「主人，可以嗎？」

「嗯，可以，別殺了人家喔。」

「是。」

我聽見身邊的潔娜小姐驚呼：「咦咦？」

「哈哈哈！要裝自在只能趁現在啦！」

聖騎士凱倫從容不迫，舉起長矛。

喂喂，你打算在這裡開打？

「公會內部禁止決鬥，去駐紮地前面打吧。」

迷宮方面軍駐紮地前面，好像有臨時的競技場。

迷宮都市只要有辦活動，熱鬧起來總是有人會吵架打架，而且大家戰鬥力都很高，不能隨便找地方開打，所以才有臨時競技場避免大家破壞建築物。

「明白了。」

莉薩答應，帶著聖騎士凱倫離開公會。

「那個，佐藤先生，你不跟去真的好嗎？」

潔娜小姐一臉擔心，看看離開公會的莉薩背影，又看看我。

「沒問題，莉薩應該可以順利打倒對方，不讓對方受傷。」

等級差那麼多，結果應該是一面倒。

如果我去觀戰，莉薩太認真，反而會讓對方受傷。

「可、可是，對方看起來很強喔！」

難道潔娜小姐不知道莉薩變強了？

「迷問題～？」

「莉薩比較強喲！」

小玉跟波奇保證莉薩更強，潔娜糊塗地低頭看她們。

「真的沒問題嗎？」

「對，莉薩沒問題。」

潔娜小姐向我確認，我再次保證。

正要解釋原因的時候，稚氣的聲音來攪局。

「啊——！小亞里沙竟然還在這裡！」

「亞里沙，蜜雅大人，請快點上舞台，波奇跟小玉也要。」

「我請熱場的表演者盡量拖時間了，但是不能拖太久啊。」

負責管理舞台節目的大宅小女僕，以及「美麗之翼」的伊魯娜跟捷娜，跑來找亞里沙她們。

這麼說來，亞里沙她們幼年組好像要演唱是吧。

「唔哇，時間到了？我太粗心啦。」

「嗯，遺忘。」

「快點～？」

「糟糕了喲！」

幼年組急急忙忙離開。

途中幼年組還回頭。

「主人也不要一直甜蜜蜜，一定要來舞台看表演喔！」

「就是喲！要近距離欣賞勇猛的我們喲！」

「知道了，我等等趕上。」

「嗯，一定。」

「等著～」

我這麼回答年幼組的吶喊，揮手送她們離開。

◆

「哎呀，不就是那個少年？」

「難怪潔娜要急忙跑掉了。」

「看來比預期的更快重逢啦。」

人群那頭有三個人跟著潔娜小姐過來，是潔娜分隊的斥候莉莉歐，拿大盾的魯鄔小姐，以及耍大劍的美女伊歐娜小姐。

「抱、抱歉，事情都還沒辦完呢……」

「沒關係，我想你們有很多話要聊，事情我們去辦就好。」

潔娜小姐道歉，伊歐娜小姐像個慈母般微笑。

「反正離集合時間還久得很，妳們就好好重溫舊情吧。」

「潔娜，我准妳推倒少年喔～」

「潔娜別顧著談戀愛，記得要吃飯喔。」

「莉莉歐，魯鄔，不用妳們多嘴了。潔娜別忘了，午鐘之前要到西門集合喔。」

潔娜小姐的三位同袍七嘴八舌，跟著人群離開了。

「哎喲！妳們都這樣！」

潔娜小姐對著同伴們的背影生氣，但是嘴角都上揚了。

看來不是真的生氣啊。

「佐藤，我們也去喝免錢酒啦。」

公會長等人也走向潔娜分隊離開的方向。

現在除了群眾，就只剩我跟潔娜小姐了。

「大家都跑掉了。」

「是啊。」

我看看四周，附和潔娜小姐。

——哎呀？

感覺潔娜小姐有點消沉呢。

「少爺真過分啊。」

「美少女都做球給你了，怎麼可以閃球呢？」

群眾這麼說了我才發現，潔娜小姐特地營造好氣氛，我竟然無腦亂回話。

「抱歉了，潔娜小姐。」

「哪、哪裡，這個，你別在意，請千萬別在意！」

看來剛才群眾說話也被潔娜小姐聽到，她滿臉通紅，羞得演起詭異的默劇。

我打起精神對潔娜小姐搭話。

「分隊的隊員都在，所以妳們來迷宮都市辦軍方的事情？」

「是！我們奉伯爵大人的命令，組成了迷宮選拔隊。」

潔娜小姐等人組成迷宮選拔隊，前來迷宮都市賽利維拉，學習怎麼經營迷宮跟維持治安。

「剛才聽說要到西門前集合，所以妳們要進入迷宮嗎？」

「是，下午要跟領路人進入迷宮，體驗跟聖留市的迷宮有什麼不同。」

不知道攻略迷宮跟學習迷宮經營手法有什麼關聯，總之文官們也跟著潔娜小姐的隊伍過來，或許文官是負責研習公會事項吧。

我想潔娜小姐等人的任務，就是從探索家角度來觀察迷宮需要些什麼東西吧。

「昨天才剛到，今天就要進迷宮？可真是辛苦啊。」

「我們有一天休假，而且都有練過，沒問題。」

潔娜小姐說得好像自己是黑心公司員工一樣。

不過我們也是抵達當天就挑戰迷宮，也不好說人家。

「已經註冊探索家了嗎？」

「是！昨天抵達的時候，已經在東公會註冊完畢了。」

潔娜小姐秀出胸前的木證。

「探索的準備都齊全了嗎？」

「是，負責補給的摩朗德先生率領工兵隊，替我們準備了探索需要的物資跟道具等等。我們只要穿戴自己分發到的裝備去集合就好。」

潔娜小姐這麼說，身穿我在聖留市看過的皮甲，披著外套，腰上插了支短杖。

潔娜小姐的行李都被魯鄔小姐拿走，身上沒什麼負擔。

伊歐娜小姐她們說要去公會辦事，那就沒必要一直待在這裡了吧？

「說是下午要去迷宮辦軍務嗎？」

離午鐘還有兩小時左右。

潔娜小姐點頭，我打算邊逛攤販，邊走去看亞里沙她們的演唱會。

「那我們走吧，潔娜小姐。」

「是！」

我跟潔娜小姐一起走出西公會的房舍。

「真是人山人海啊。」

「對啊，今天就像過節一樣。」

但是人也太多了。

有好幾次被人潮淹沒，差點跟潔娜小姐走散。

「人這麼多，要是走散就沒辦法會合啦。」

「就是啊——」

其實走散了我也能用雷達找回來，但是要撥開人潮肯定很困難。

「那我們手牽手吧，潔娜小姐。」

「……是，佐藤先生。」

潔娜小姐看我伸出手，微微一笑牽起我的手。

如果念高中的時候有這種情境，我應該就談戀愛了。

感覺有點對不起精靈鄉裡心愛的雅潔小姐，默默在心裡道歉了。

「今天下午開始探索迷宮，要在裡面過夜嗎？」

「沒有，今天預計當天來回。」

聽說她們今天只有測試半天，確認裝備夠不夠，大後天才正式開始攻略迷宮，在裡面過夜。

「所以明後兩天是放假？」

「後天不確定，但是明天獲准放假！」

潔娜小姐握緊雙拳回答。

「如果妳不嫌棄，我就帶妳逛逛迷宮都市吧。」

「真的嗎！我太高興了！」

潔娜小姐馬上答應，臉上好像噴發出閃亮的光點。

「──啊，是少爺。」

「少爺！下次說點冒險故事來聽聽吧！」

「酒是少爺請客？」

「笨了，當然是我們請少爺啊。」

可能因為遊行剛結束，不認識的探索家跟民眾也找我搭話。

潔娜小姐可能有誤會，佩服地說：「你人面好廣啊。」

「哎呀，少爺。」

「陪少爺一晚就不做您生意了──啊呀。」

路上碰到許多穿著暴露的特種商家美麗女子上來搭話，其中領頭的美女看到我身邊的潔娜小姐，就阻止其他女孩來搭訕。

「哎呀呀，原來有美麗小姐作陪啊。」

領頭美女離開之前，還在我耳邊冶豔地說：「少爺，來我這裡坐一回吧。」

AR顯示表示她們是成熟取向的高級服務店小姐。

我是有興趣，但跟潔娜小姐在一起總不能起色心。

就說幾句寒暄話，敷衍過去了。

「看來還沒開始喔。」

我們抵達舞台，亞里沙她們好像還在後台。

可以看到熱場的表演者已經下台，正在更換舞台擺設。

蜜雅必須召喚演奏輔助用的擬態精靈，所以幼年組的演唱會應該還要等一下才會開始。

「──我們先隨便逛逛吧。」

「好、好的！」

我四下看看，露露的切魚秀好像要開始了，就帶著潔娜小姐往那裡去。

「好大的魚喔。」

「這是棲息在迷宮中層的魚，叫做迷宮大魚，聽說很好吃，但是不好運送，所以很少見。」

聽說迷宮都市賽利維拉的高級餐廳有提供迷宮大魚，但是我不常外食，所以沒吃過。貴族們忌諱魔物的肉，所以他們辦的餐會也不會有這種東西。

「唔哇，佐藤先生你看看！好大的菜刀啊！」

潔娜小姐看到像大劍那麼大的巨大菜刀，興奮大喊。

之前在南洋為了切鮪魚，打造了奧利哈鋼的菜刀，這把是劣化複製品。

「好棒！那麼巨大的菜刀竟然運用自如啊！」

潔娜小姐看到露露的刀法，嚇得用另一隻沒牽手的手拉我衣角。

別說是潔娜小姐，就連周遭民眾看了露露的刀法也是入迷。

「好強啊，一般鋼鐵刀劍都很難砍傷迷宮大魚，她竟然切得輕輕鬆鬆。」

「不愧是女僕王吧……」

觀眾們怪異的佩服方式，就先不管了。

露露剖魚剖完，行雲流水地把迷宮大魚片下鍋油炸。

聽到熱炸的吱吱聲，口水都要流出來了。

「熱騰騰的迷宮大魚炸魚片！請大家吃吃看——！」

我家的小女僕們，精神飽滿地把炸魚片分給觀眾們。

廚房女僕蘿吉和亞妮，跟女僕長米提露娜小姐，一起在攤位上幫露露做菜。

「老爺！」

一個小女僕眼睛很尖，發現我的存在。

「喲，很努力喔，給我來兩片吧？」

「好，馬上來！」

小女僕大聲回答，模仿波奇跟小玉的咻比動作。

「老爺？」潔娜小姐嘀咕一聲，我回答：「那是我家裡請的僕人。」

回頭一看，小女僕的咻比姿勢定格了。

「——哎呀？老爺跟不認識的女人在一起！」

看來她發現我身邊的潔娜小姐，嚇到了。

還不斷交互看著我們，以及後面做菜的露露。

「不必擔心，露露也認識她。」

「耶、耶嘿嘿……啊，我馬上拿炸魚片來喔！」

小女僕笑笑掩飾害羞，一時還忘了恭敬的語氣，跑回攤位裡。

她們在廚房裡跟露露學了很多，一定站在露露那邊。

「老爺，久等了！」

「謝謝。」

小女僕給我用紙包著的炸魚片，我請潔娜小姐吃一塊。

潔娜猶豫了一瞬，鬆開牽著我的手，接過紙包。

「請妳趁熱吃吧。」

「好、好的……」

迷宮大魚的外表有點驚悚，潔娜小姐一時猶豫該不該吃，但是看我先吃了，也鐵了心放進嘴裡。

「——好好吃！」

好吃到潔娜小姐雙眼圓瞪。

「……太厲害了，長得那麼怪異，口感卻這麼細膩。作法跟聖留炸餅差不多，但是入口即化，太好吃了。跟這個白色醬汁更是絕配啊。」

潔娜小姐吃了一口，滔滔不絕說起感想。

兩三下她就把炸魚片全吃下肚了。

「真是太好吃了，年紀輕輕竟然有這麼好的功夫啊。」

潔娜小姐誇獎露露，我也引以為傲。

「謝謝，露露可是迷宮都市頂尖的大廚喔。」

我邊老王賣瓜，然後四處看看以掩飾害羞。

眼前不知不覺排了長長的人龍。

有這樣的美味，排長龍也是在所難免。

「露露，很好吃喔。」

「主人！您過來啦！」

我一出聲，露露笑逐顏開地往我看。

「我從解體秀就開始觀賞了，真是了得啊。」

「哪裡！比起主人還差得遠了！」

如此自謙的露露笑得惹人愛，但是靈活的雙手就像經驗老到的大廚，俐落無比。

看她的功夫，要成為名震希嘉王國的大廚，應該也就快了。

「我在這裡會礙事，差不多該走啦。」

看露露那麼忙，我揮揮手就離開解體秀的攤位。

「看來就要開始了呢。」

剛好，亞里沙她們的演唱會要開始了。

會場除了貴賓席之外，還替我們這些主角安排了座位，目前裡面只坐了娜娜，身邊跟著一堆養護院的小朋友們。

我打算走去專用席，但是路上擠滿了人，只好在一般座位欣賞。

「大家聽我唱歌啊～～！」

亞里沙大吼一聲展開演唱，好像哪個銀河歌姬一樣。

「好棒的音樂，是她們後面的光球在發出聲音嗎？」

「對，聽說是妖精族的魔法，叫做『演奏者』。不過也要演奏人本身的功夫好，音樂才會好聽。」

我簡單解釋蜜雅操控的演奏用擬態精靈。

「懂……我聽得懂，多麼美妙的音色啊。」

蜜雅的一人管弦樂團是很了不起，但是把管弦樂拿來當動畫歌伴奏的亞里沙也不容小覷。

邊聽歌，邊看波奇跟小玉在舞台上隨著音樂轉圈跳舞，真是安撫人心。兩個小朋友穿著羽妖精的服裝，輕巧地來回飛舞，會場觀眾大聲歡呼。

仔細一聽，發現波奇跟小玉也是邊跳邊唱。

會場裡傳出歌聲，是娜娜帶的養護院小朋友在唱歌嗎？

用靈魂吶喊的亞里沙沒有發現，但波奇跟小玉發現了我，一邊空中翻轉一邊揮手。

我也揮手回去，兩人開心得在空中轉更多圈了。

「好靈活啊！就跟佐藤先生一樣！」

潔娜小姐特有的讚美方式。

好吧，我也自認挺靈活的。

「——呼，真是太厲害了。」

潔娜小姐一臉潮紅，說出感想。

幼年組的演唱會將近一個小時，剛剛才結束。

演唱會從頭熱到尾，周遭的觀眾們跟潔娜小姐一樣，還是激動得頭昏眼花。

其實我很想去後台誇獎同伴們，但是潔娜小姐差不多該去會合，所以我用空間魔法「遠話」慰勞同伴，並表示要送潔娜小姐去西門。

「抱歉在妳探索迷宮之前耽擱了。」

「哪裡！我非常開心啊！」

潔娜小姐真心歡喜，迅速回答。

「那就太好了，我們去西門的路上順便吃些點心吧？」

「好的！佐藤先生！」

今天的潔娜小姐，嗓音好像一直都高八度。

在這樣的節慶氣氛裡，就算不做什麼也是很激動啊。

我跟潔娜小姐買了攤販的貝利亞水解渴，品嘗五花八門的肉串，以及名產迷宮豆沙包，享受熱鬧的節慶。

不禁想起之前逛聖留市攤位的往事。

對了，潔娜小姐曾經在聖留市介紹過她的壓箱寶，我也要回報點稀奇寶貝。

想著想著，我決定繞個遠路前往老街平房（現在是越後屋商會賽利維拉分店）妮爾她們擺的攤位。

「佐藤先生，那裡為什麼堆著木桶跟木箱呢？」

潔娜小姐指著人潮對面，西門前的圓缽廣場上堆滿了木桶與木箱。

「喔，那些都是空的，之前裝了舉辦今天這場節慶的物資吧。」

「就、就為了這場節慶？好厲害啊！」

不知道為什麼會堆在那裡，或許是沒打算過該堆哪，才隨便往角落堆上去吧。

要是大學校慶的主辦單位不會做事情，也會發生這種狀況。

「——什麼！」

「怎麼？亞西念卿，不高興是吧？」

到了攤位附近，用順風耳技能聽到前面有男孩爭執的聲音。

「有人吵架嗎？」

「在迷宮都市很常見的。」

聽起來有點耳熟，但是成年人不好插手小朋友吵架，就當沒聽見繼續往攤販走。

反正聲音聽來離攤販有點距離，應該不會被波及才對。

「是少爺！快來吃一點吧！」

攤販裡有個高中生年紀的紅髮女孩妮爾，邊揮手邊喊我，口氣就像個小跑腿。

或許因為她的工作是鐵板燒，就只穿小背心又沒胸罩，真不知道該看哪。

「妮爾小姐好，排隊排好長啊。」

「因為今天是太守大人買單，一大早就排到現在啊。」

原來如此，平時沒有零用錢的小朋友，要趁今天吃個夠了。

怎麼看都要排上一小時才吃得到。

「這個隊伍看來是排不到了，潔娜小姐，我們去其他攤位吧。」

「真可惜，那就等節慶結束之後再來吧。」

潔娜小姐看看攤販的招牌，遺憾地點頭。

她可能是看了小玉畫師畫的四塊招牌「滾轉章魚燒」「跳舞可樂餅」「勝利串炸」「飛翔薯條」就想吃吃看。

「少爺久等啦。」

跟妮爾一起經營越後屋商會的分店長波麗娜突然出聲，拿了章魚燒等四種點心的組合包給我。

「大家在排隊，我怎麼好插隊呢——」

我過意不去，想拒絕特權，但是波麗娜笑著搖搖頭。

「今天可是慶祝少爺立大功的大日子，哪有人會抱怨呢。」

波麗娜說了回頭看排隊人群，隊伍裡的人都笑著同意說：「那當然啦！」「我們也是多虧了少爺才能吃這麼多好東西啊！」

「那就恭敬不如從命了。」

我向排隊人群敬個禮，收下波麗娜的點心包。

「佐藤先生的大日子？」

潔娜小姐糊塗地歪頭。

「潔娜小姐，妳知道今天是為了什麼才過節嗎？」

「啊，是，我記得——」

「潔娜！這裡啦，潔娜——！」

潔娜小姐的話被她朋友打斷。

「莉莉歐！」

看人爭論的群眾之中，潔娜分隊的那三人都在。

他們手上也拿著章魚燒跟串炸的紙包。

「潔娜你們也去排隊喔？這個章魚燒超好吃的啊。」

「串炸也是一絕。」

「我個人喜歡炸薯條。」

潔娜小姐聽同伴們這麼說就吃吃看，然後大讚：「好吃！」

站著吃是可以，不過還是想找個地方坐下來吃。

我想著到處看看，就和看熱鬧的群眾那頭有個看來很年幼的女孩對上了眼。

「佐藤閣下！」

女孩喊了我的名字。

「佐藤閣下——！在這裡！」

在人群那頭蹦蹦跳的女孩，是諾羅克王國的米提雅公主。

公主是亞里沙跟蜜雅的朋友，我從迷賊王魯達曼手上救出她之後，就忙著幫同伴們練功，又要討伐「樓層之主」，就沒怎麼交流了。

還有個像泰山一樣可靠的女騎士拉普娜，靜靜隨侍在她身邊。

這種時候當沒看到有點沒禮貌，所以我拿著點心往她走去。

「米提雅公主午安。」

「午安呀。讓我祝賀佐藤閣下的豐功偉業吧。」

米提雅公主把手伸到面前，輕吹一口氣。

那應該是赫拉路奧神的恩賜「淨化的氣息」吧。

「多謝米提雅公主。」

「嗯——這位姑娘又是哪位？」

回頭一看，潔娜小姐也跟來了。

「這位是我的朋友，也是莉薩她們的恩人，名叫潔娜．馬利安泰魯，聖留伯爵領人。潔娜小姐，這位是諾羅克王國的米提雅公主殿下。」

我給米提雅公主跟潔娜小姐互相介紹。

「喔喔，是莉薩閣下的恩人，可厲害了！」

「公、公主殿下？」

潔娜小姐吃了一驚，連忙對異國大人物行最敬禮。

「別那麼畢恭畢敬的。佐藤閣下的朋友，就是我的朋友。妳就別客氣，喊我米提雅吧。」

米提雅公主態度親民，潔娜小姐反而嚇得雙眼圓瞪畏縮起來。

「潘德拉剛士爵，此次戰功實在了得。我也要學習士爵，更上一層樓啊。」

我看著公主與潔娜小姐，突然米提雅公主身邊的泰山騎士也開口誇獎我。

「——士爵？潘德拉剛？」

潔娜小姐瞳孔放大，兩眼無神地看著我，講話還有點卡住。

我剛剛就在想，潔娜小姐可能不知道我在穆諾男爵領受封榮譽士爵爵位，成為潘德拉剛士爵。

畢竟城市裡的人只喊我「少爺」啊。

她應該也沒看到早上的凱旋遊行吧。

但是這有必要那麼震驚嗎？

穆諾男爵領的妮娜執政官說，榮譽士爵是最低階的爵位，每個領地每年都會封好幾個啊。

「妳不知道嗎？我獲封榮譽士爵，名為潘德拉剛士爵。」

我記得有從穆諾市寫信給潔娜小姐，提起這件事啊。

「呃——所以這場節慶的主角，就是少年？」

跟著潔娜小姐過來的莉莉歐也插嘴。

「正確來說是主角之一，因為挑戰『樓層之主』的人數很多。」

說得更仔細點，主角是我家小朋友，我是附件。

「我從穆諾男爵領寄了一封信，提到這件事情，妳沒有收到信嗎？」

「啊，是，我最後收到的是從庫哈諾伯爵領賽達姆市寄來的信——」

然後她就往迷宮都市出發，也就沒收到信了。

這裡的郵務系統不如現代日本方便，不保證能送到，而且還很花時間，既然錯過了也沒辦法。

「明天帶妳逛迷宮都市的時候，也順便介紹些好吃的餐館吧。到時候說說我受封的來龍去脈，可以嗎？」

「好、好的，務必，喔？」

潔娜小姐還沒冷靜下來，不過是答應了。

在這裡說起來需要很多時間，我也不想讓無關的群眾聽見。

「佐藤閣下，可以了嗎？」

米提雅公主說得有點顧慮。

——哎呀，只顧著安撫潔娜小姐，都忘了米提雅公主啊。

「失禮了，米提雅公主。」

「不怕不怕，今天的主角是佐藤閣下啊。」

長得一副蘿莉樣，口氣卻又大又穩。

「是說，那裡究竟在吵什麼？」

我看著吵架中的男孩女孩，詢問米提雅公主。

其中一邊我認識，是迷宮都市賽利維拉太守的三少爺蓋利茲，還有他的一群男女跟班。

我在太守夫人的茶會上跟他有點交流，除此之外就是迷賊們在迷宮引發魔物連鎖失控的時候救了他的命——不對，他還要我的探索家學校開辦貴族用課程是吧？

貴族用課程的開課準備也差不多了，但是我並不打算招收他這種名門貴族，只想收下級貴族啊。

「嗯，好像是蓋利茲閣下認識的名門貴族子弟們，雙方在王都幼年學校就已經是競爭對手了。」

競爭對手——勁敵的感覺是嗎？

眼看有七個攜帶武裝的男孩女孩跟蓋利茲他們爭執，也都是名門貴族。

這七人好像正要進入迷宮，後面還跟著兩個感覺頗強的護衛騎士，等級超過二十五級，外加六名士兵，四名挑夫。

七人的裝備看來又新又亮，相當齊全。

尤其帶頭的男孩，應該才剛行成年禮，卻配著矮人打造的祕銀合金劍呢。

「柏、柏曼，我們比個高下！比誰先拿到赤鐵證！」

我聽到蓋利茲的吶喊。

「你有在聽我說話嗎？探索家對我來說只是個里程碑，是我做大官的墊腳石啊。」

「你、你別看扁探索家啊啊啊～！」

蓋利茲聽到柏曼男孩講得這麼不客氣，對天怒吼。

「探索家可沒有簡單到你騎驢找馬就做得來！」

這反應出乎意料，我沒想到蓋利茲竟然這麼看重探索家的職業。

「懂了懂了，那我們就比吧。但是我們對赤鐵證沒興趣，就比誰先升上等級十五吧。」

柏曼男孩這麼說了。

「等級十五？那不是騎士團正騎士的等級嗎！」

「我目前等級四，根據你上次寫的信，你等級七對吧？我們已經先做好準備，讓你這點剛剛好吧？」

蓋利茲目前是等級五，看來寄給勁敵的信是在吹牛。

如果說到等級十五，獸娘們在聖留市迷宮就升到這個水準，應該幾天就能成功了吧？

「我們打算從今天開始下到甲蟲區一陣子，順利的話在過新年之前就會升到等級十五。如果想贏我，你就拿出真本事來吧。」

柏曼男孩說得胸有成竹，就跟同伴們一起走向通往迷宮的西門去。

「蓋、蓋利茲大人，答應那種事情好嗎？」

胖男孩魯拉姆一臉擔心地詢問蓋利茲。

他是蓋利茲的跟班之一，每次從迷宮回來就看他去泡妮爾她們的攤子，應該是蓋利茲集團裡跟我最熟的。

「你、你少廢話！貴族說一不二！」

蓋利茲吼了魯拉姆一聲，突然看到我。

「潘德拉剛卿！」

蓋利茲就像在地獄裡看到佛陀一樣狂奔過來。

「有看到就明白了吧！明天立刻舉辦探索家學校的貴族課程！」

他逕自滔滔不絕，也不管我的回答，就帶著同伴消失在人群的那一頭。

「唉，蓋利茲閣下真是傷腦筋啊。」

米提雅公主嘆了口氣。

「沒關係，本來就預計要舉辦貴族課程，不成問題。」

這個課程本來是開給經濟不寬裕的下級貴族，但是聽到剛才蓋利茲對探索家的熱情，太守夫人又關照我不少，總要報恩吧。

最重要的是，如果他們自己擅闖迷宮而全軍覆沒，我會良心不安。

「祕銀探索家潘德拉剛士爵親自授課，太感動了！」

蓋利茲跟班裡的杜卡利準男爵千金梅莉安，牽起了我的手。

她非常嚮往能成為探索家，甚至跟了人品不太好的女探索家去冒險，差點丟掉小命，不過看來還沒放棄當探索家。

「抱歉了梅莉安閣下，課程講師應該不是我，而是別人。」

我打算讓綾女小姐或復健中的卡吉羅先生擔任講師。

「梅莉安閣下，不能強求啊。佐藤閣下要準備下個月的王國會議，諸事纏身，不能打擾他。」

「也對……士爵大人請見諒。」

「重點是要準備明天開始上課了，梅莉安閣下，走吧！」

「是，米提雅大人！」

梅莉安小姐被米提雅公主教訓，對我點頭致意之後，跟著蓋利茲他們跑掉了。

「抱歉了，潔娜小姐。」

被蓋利茲他們纏上，冷落了潔娜小姐，我道個歉。

時間也差不多了，看潔娜小姐有點不開心，我催她快去西門。

「——哎，少年，剛才那些可愛小女生是少年的情人來著？」

「哪裡，不是啦。」

莉莉歐亂問一通，我一口否認。

「人家這樣講了，太好啦潔娜。」

「不、不知道妳講什麼啦！」

莉莉歐嘎嘎笑，潔娜小姐滿臉通紅轉過頭。

「看來其他人都到齊嘍？」

「午鐘都還沒響呢，可真早啊。」

西門前有群人穿著跟這邊類似的裝備，魯鄔小姐跟伊歐娜小姐對他們招手。

「佐藤先生，那我們先走了。」

「好，各位路上小心。」

潔娜小姐好像捨不得轉身離開，我們就像愛情喜劇的男女主角一樣對望。

「有罪？」

「難說喔……」

當我們對望的時候，同伴們手拿零食走過來了。

「發現主人，我這麼報告道。」

娜娜也帶著養護院的小朋友們來了。

「啊──！」

莉莉歐看到娜娜突然大喊一聲。

「意義不明，我這麼報告道。」

「既然妳在這裡，代表約翰也來了？那個美都也在？」

「妳說這什麼──」

「約翰與美都兩個稱呼，不存在於名單上。」

娜娜以獨特的口條表示認錯人了。

「難道妳是碰上了娜娜的姊妹們？」

「會不會是叫什麼『No.８』還是八子的女孩們？有七個長得一樣的人？」

八子這個名字我沒聽過，但是說到有七個人長得跟娜娜一樣，還有這個No.８，那就沒錯了。

「我想八成沒錯，她們過得還好嗎？」

「原來認錯人了喔……」

「是，大家過得都很好。」

莉莉歐垂頭喪氣，潔娜小姐替她回答。

聽說她們上次碰面的地方，是傑茲伯爵領的法烏鎮，娜娜的姊妹們在鎮上的飯店打工當服務生，賺盤纏。

看看地圖上的標誌，發現她們正在富士山山脈區域，往穆諾男爵領方面移動。

她們不知不覺都提升等級，以前只有等級七的下級成員，現在也升了一倍成為等級十四。

我有點掛心，就對準地圖標誌發動空間魔法「眺望」看看。

看來就算是未知地圖區域，只要對準標誌一樣能發動魔法。

——蜘蛛？

發現所有人騎在一隻巨大生物背上，生物長得像螃蟹加蜘蛛。

No.８增加了訓練技能，這應該是她馴服的魔物吧。看起來頗強的，身體壯大腿又長，應該能輕鬆征服崎嶇道路。

本來想說如果她們掃墓有困難，我可以幫點忙，但是現在看來不必多管閒事，免得挫了她們自立的心意。

「——潔娜娜，這個給妳。」

「這是胸針？」

「裡面有小塊的水石喔。只要碰著水石灌注魔力，就會有水流出來，妳帶著應急吧。」

當我在確認娜娜姊妹下落的時候，潔娜小姐跟亞里沙就這麼聊著。

「這給妳餞行。」我想只是去迷宮逛半天應該沒問題，不過還是送了潔娜小姐一組「貝利亞魔法藥」（謊稱迷宮產）。

潔娜小姐說這麼貴重的東西不能收，但是亞里沙勸她：「主人愛操心，妳就乖乖收了讓他放心吧。」

「謝謝佐藤先生跟小亞里——沙？」

潔娜小姐恭敬地收下禮物，突然又瞪大眼睛。

她往我們的後方看去。

◆

「潘——呃，佐藤——！」

有個身影從探索家公會前門廣場，跳到西門前的圓缽廣場來。

這人背光看不清楚面貌，但是一對高聳的雙峰，配上華麗的蛋捲頭，我就知道是誰了。

這人挺身空翻的動作真漂亮，但是穿禮服空翻有點那個吧。

我腦袋裡思考，雙眼卻緊盯著那一對猛晃的奇蹟不放。

她終於在我們面前穩穩落地。

「——我來也！」

這人羞得滿臉通紅，卻又囂張地交抱雙臂大喊。

那引人注目的美貌，搭配華麗又特別的金色蛋捲頭，不可能認錯人。

她正是我主公穆諾男爵的二女兒卡麗娜．穆諾小姐。

但是我覺得妳出場這麼狂，不應該害羞吧。

「卡麗娜～？」

「我們分個高下喲！」

——啊。

波奇咻一聲猛然往前衝去，小玉也使用圓缽廣場的牆壁彈跳，兩人強攻卡麗娜小姐。

「等——」

小玉半途聽到我要攔人，在撞上卡麗娜小姐的前一刻改變軌道，直接撞向不相干的地方去。

波奇還是撞上卡麗娜小姐，兩人一起撞進後方成堆的木箱木桶，消失無蹤。

兩人撞起一片沙塵木片，不知道哪裡去了。

「奶小姐沒事嗎？」

「姆？」

事出突然，亞里沙跟蜜雅都目瞪口呆。

「卡麗娜閣下應該沒事，她之前在穆諾城，就經常跟波奇和小玉這麼玩。」

「我記得她在公都也玩得很開心，但是感覺應該有事吧……」

「如果是幼生體就有生命危險，我這麼評估道。」

莉薩說不必擔心，露露跟娜娜看著漫天塵土，好像也能接受。

沒錯，如果剛才波奇是來真的，卡麗娜小姐早就被撞死了。

「佐、佐藤先生！快去救人啊！」

潔娜小姐想衝過去，我拉住她的手。

這妳就別擔心了——

「真是痛痛痛啊～」

牆壁另一頭走出卡麗娜小姐的身影，一身塵土但毫髮無傷。

波奇手下留情，沒有使用瞬動，小玉也在最後關頭抓住波奇減速，最重要的是拉卡一直都在保護卡麗娜小姐。

『卡麗娜閣下，大意失荊州啊。』

「謝謝，多虧有拉卡先生，我九死一生啊。」

卡麗娜小姐的胸口有個閃爍藍光的配件，發出低沉悅耳的男性嗓音。

這配件正是「具有智慧的魔法道具」拉卡的本體。

我放開潔娜小姐的手，走向卡麗娜小姐。

「卡麗娜大人，有沒有受傷呢？」

「佐、佐藤，我，沒事，喔。」

我只是幫卡麗娜小姐拍掉她頭髮上的灰塵，她卻滿臉通紅拉開距離。

還是這麼怕男人啊。

「——潔娜！隊長說差不多要出發去迷宮了！」

「我、我知道了！馬上過去！」

莉莉歐已經跟聖留伯爵領軍的迷宮選拔隊會合，大喊潔娜過去。

「佐藤先生，不好意思，就先這樣了。」

「好，妳路上小心。」

潔娜小姐好像想問卡麗娜小姐的事情，我答應她明天帶她逛迷宮都市的時候，說個清楚明白。

「佐藤，妳跟剛才那女孩好像挺親近的吧？」

卡麗娜小姐從後面伸手搭我的肩，還用力抓緊。

麻煩不要用這種女朋友逼問出軌男朋友的態度說話好嗎？

「波奇～？」

小玉帶著垂頭喪氣的波奇從瓦礫堆裡走回來。波奇耳朵下垂，平時搖個不停的尾巴也夾在兩條細腿之間。

感覺就像個罪犯要來自首一樣。

「小玉，波奇！到這邊來！」

「系。」

「是喲。」

莉薩要小玉跟波奇過來，兩人的口氣都很僵。

莉薩這一喊，卡麗娜小姐才想起波奇，放開我的肩膀回頭看波奇她們。

「我千萬交代妳們兩個，不准在城市裡胡亂使力，妳們不聽話對吧？」

「……系。」

「是的喲。」

莉薩對兩人腦袋瓜各賞一拳。

「還有波奇，妳沒有裝備控制手環對吧。」

「對、對不起喲。演唱會的時候拔下來，就，忘記裝回去了喲。」

「這不是一句忘記就算了。」

原來如此，沒有裝備力量控制魔法道具，所以才會太用力撞破牆壁啊。

「莉薩，等等——」

莉薩作勢要打波奇屁股的時候，我攔住她。

稍微體罰一點是還好，但是波奇在迷宮裡常受傷，我認為肉體上的疼痛沒辦法達到嚇阻效果。

「可是主人。」

莉薩難得想抗議，不過也沒有多說什麼。

希望她有話想說的時候，可以忘記自己的奴隸身分啊。

「主人，不可以太寵她們啊。」

亞里沙就替莉薩說了。

「嗯，我知道。」

如果沒有拉卡保護，加上小玉攔阻，卡麗娜小姐肯定身受重傷了。

所以我打算做點嚇阻行為，避免波奇下次又這樣忘我。

「波奇。」

「對不起喲。波奇真的很用力很用力在反省喲。」

如果要罵小朋友，讓小朋友失去自尊會有反效果，所以我先阻止波奇胡亂道歉。

「波奇，妳聽好——」

我盡量簡單明瞭地告訴波奇，為什麼要罵她。

我的說明走理工路線，波奇老是聽不懂，多虧亞里沙老師出手解釋，波奇才能聽懂。

「對不起喲。」

「不會，我太粗心也是有錯。」

波奇垂頭喪氣地向卡麗娜小姐道歉。

另外我宣判波奇從今天晚餐開始，三天沒肉吃，這個酷刑肯定有無比的嚇阻功能。

沒有從現在這餐開始動刑，算是些微的慈悲吧。

亞里沙罵我說這樣太寵，但是難得過個節卻不能享受，也太可憐了。

波奇的處置就先這樣，現在我也有問題要解決。

力量控制魔法道具的構造很簡單，穿上就啟動，拿下就關閉。但是像這次忘記裝備，就無法發揮效用。

希望能修改成隨時裝備在身上，並且自動開關力量控制功能。

對，最好像卡麗娜小姐身上的拉卡這種「具有智慧的魔法道具」。

我並不認為能做出一樣的東西，但是動員現在所有的設備與知識，應該能做出次級的仿品吧。今天晚上就來試試看。

◆

「卡麗娜大人～您在哪裡啊～？」

在擁擠的人潮那頭聽見有人在找卡麗娜小姐，往那裡一看，是卡麗娜小姐的護衛女僕艾莉娜。

卡麗娜小姐就算短短幾公尺也會跳躍抄捷徑，護衛女僕們則是乖乖用跑的過來。

「艾莉娜，在這裡。」

「啊！士爵大人哪！」

後面還有個陌生的女兵。

應該是剛到穆諾男爵領上任的新兵吧。

「碧娜沒有來嗎？」

「有來啊。碧娜小姐去西公會找士爵大人了。因為碧娜小姐辭掉護衛女僕，成了侍女，所以有這個新人來遞補啦。」

艾莉娜推著新人妹的背後胡亂介紹。

「我的同事塔露娜也很想來，不過她被選去護衛留學生前往公都跟波爾艾哈特市，不能來啦。」

看來穆諾男爵領正順利復興中啊。

我跟艾莉娜寒暄幾句，同時也跟新人打招呼。

「只有艾莉娜妳們跟佐——潘德拉剛卿聊天，太賊了喔。」

卡麗娜小姐擠進我跟艾莉娜之間，雙手交抱在雙峰之下。

那對胸器比以前更有份量，四處散發危險的魅惑效果。

真是不像話的存在感啊。

「有罪。」

蜜雅拉住我的耳朵。

看來她發現我邪惡的——不對，健全的視線盯著某個地方。

「話說卡麗娜大人啊。」

我清清喉嚨，轉移話題。

「您到迷宮都市來，有何貴幹？」

貴族子弟到迷宮都市來並不罕見，就像剛才的柏曼小弟他們一樣。不過總有個目標，比方說修練武功，或者窮困潦倒而來這裡想發個橫財。

像卡麗娜這種領主千金，或者一般的貴族大小姐，就很少過來了。

穆諾男爵領確實不算富庶，不過這個世界的領主能夠掌控「都市核」，發揮超乎常人的力量。

要不是像上次代替穆諾男爵前往王都，也不太可能單純來遊山玩水吧。

「當然是為了變得更強啊！」

卡麗娜小姐笑得像小朋友一樣活潑開朗，這麼回答。

看來是走練功夫路線。

「有志氣～？」

「不愧是卡麗娜喲！要跟我們一起努力喲！」

「那是當然！總有一天要當上勇者大人的隨從喔！」

卡麗娜小姐跟小玉、波奇一起燃燒鬥志。

看來卡麗娜小姐依舊是個遺憾美女。

「想不到穆諾男爵會答應啊。」

「這是因為佐——呃，保密啦。」

我改看著艾莉娜跟新人妹。

「男爵大人本來不答應，是妮娜小姐——」

「艾、艾莉娜！」

卡麗娜小姐驚慌地摀住艾莉娜的嘴。

看來妮娜小姐有什麼企圖。

我待在穆諾男爵領的時候，妮娜小姐企圖安排我跟卡麗娜小姐成婚，但是現在男爵領開始復興，不該找像我這種來路不明的最下級貴族聯姻，要找個名門正派的好人家才對。

再說如果要討老公，也該去個王都，而不是冒著風險跑來迷宮都市啊。

等等找卡麗娜小姐的侍女碧娜問個清楚吧。

「卡麗娜小姐，差不多可以——」

我看卡麗娜小姐太用力，被摀住口鼻的艾莉娜都要死了，就請她放手。

「找到地方投宿沒有？」
「還沒，卡麗娜大人想快點見到士爵大——」
「艾莉娜！」
艾莉娜想說些什麼，又被卡麗娜小姐阻止。
新人妹看這兩人又重演慘劇，手忙腳亂。
「抱歉了莉薩，幫我通知米提露娜說客人要住下，準備廂房。」
「遵命。」
我請莉薩傳話，然後帶著卡麗娜小姐前往碧娜所在的西公會。
「想不到您突然出現，我吃了一驚啊。」
畢竟卡麗娜小姐也沒寫信說要來迷宮都市。
「這就是先前亞里沙所說的『驚喜』了。」
卡麗娜小姐顯得有些得意。
她邊說還邊挺胸，那對雙峰彈跳起來比平時更凶殘。
被那光景迷住的男人們竊竊私語。
「喂，看那邊。」
「哇，真的假的？」

「喔喔，老天啊……」

我懂你們，但是最後那個有點誇張了。

「多麼的美麗啊……」

「喔喔！我迷人的女神！您是不是忘了——」

一個手持大盾的英俊探索家，衝到卡麗娜小姐面前來。

「我可不認識你喔。」

還輪不到我出手，卡麗娜小姐靠著拉卡的「超強化」將那探索家揍飛到人群的那頭去了。

「鐵壁傑爾一招就被搞定了！」

「竟然又美又強……咦，少爺？」

「又是少爺的人哪……」

「可恨，到底有多生猛啊！」

我覺得有必要跟你們聊聊，解開誤會。

「佐藤，碧娜在等喔。」

卡麗娜小姐拉著我的手，撥開人群大步前進。

怎麼說呢，感覺我像個老爸，放假被大型犬拖著走。

好吧，先不管她的目標，有拉卡保護的話，迷宮應該也不那麼危險。讓她跟波奇、小玉一起享受迷宮都市的生活吧。

現在就先——

「佐藤，看你有話想說喔。」

卡麗娜小姐來到探索家公會的白色房舍前，回頭對我說。

「——我剛才忘了說。」

見卡麗娜小姐有些生氣，我裝模作樣賣個關子。

「歡迎您來到迷宮都市。」

卡麗娜小姐愣了一下，然後笑逐顏開。

笨拙女孩

「我是佐藤。俗話說『樣樣通，樣樣鬆』，不過我認為會很多事情值得驕傲，不應該被貶損。不過在電玩裡面，通常只強化一個項目會比較受歡迎就是了。」

「歡迎老爺回來。」

「我回來了。」

我到黃昏才總算回到大宅，將外套交給年長的小女僕，前往客廳。

「其他孩子跟客人都回去了嗎？」

「客人跟小波——波奇小姐和小玉小姐一起泡澡——呃，入浴中。」

我聽年長的小女僕說明卡麗娜小姐她們的現狀，坐上客廳的沙發。

卡麗娜小姐跟碧娜會合之後，我們先分頭走，我去會場跟大人物們打招呼，跟公會長一起把艾魯塔爾將軍準備的好酒喝個精光。

沒什麼時間搭理卡麗娜小姐，希望她們能享受會場的節慶氣氛。

「呼，真是清爽啊。」

「卡麗娜大人等等啊，腰帶還沒繫上呢！」

「卡麗娜大人，頭髮還沒擦乾，別動啊～」

卡麗娜小姐和艾莉娜她們在正房浴室洗去旅途的疲累，回到屋裡來。

卡麗娜小姐穿著我平常穿的浴袍，只是想不到她會直接穿進客廳來。

她穿的浴袍長度及膝，腰際還算安全，但胸前就危險了。

我快被那深谷給吸走了。

哎呀，惡魔在我耳邊呢喃，這就是亞當被夏娃引誘，偷吃「智慧果實」的心境啊——

「有罪。[redacted]黑暗。」

——跟在卡麗娜小姐後面進來的蜜雅，用精靈魔法切斷了那幸福的光景。

我絕對不會忘記剛才的景象，打死不會。

「什麼？魔法？」

「不知羞恥。」

「對啊——不能用那種作弊武器拉攏主人啦。」

「卡麗娜大人，這打扮有點太刺激了，抱歉要請您換上這套連身洋裝。」

卡麗娜小姐一頭霧水，蜜雅跟亞里沙抱怨，露露來打圓場。

眾人在蜜雅精靈魔法的黑暗帷幕那頭交談，我什麼都看不到。

其實使用「眺望」魔法就看得到，但這就成了偷窺，我要自重。

「老爺，廂房已經準備好——」

米提露娜小姐走進客廳，發現半個客廳被黑牆包圍，啞口無言。

「這、這是，有歹徒？快、快來人——」

「不必擔心，這是蜜雅的魔法。」

米提露娜小姐慌得想叫人，我告訴她沒事。

「重點是謝謝妳打理廂房，事發突然，辛苦妳了。」

我感謝米提露娜小姐替卡麗娜小姐她們準備廂房。

「哪裡，這是我的職責。」

米提露娜小姐畢恭畢敬，對自己的工作表現很滿意。

「老爺，今晚有需要準備馬車嗎？」

「今晚不出門，把馬匹牽回馬廄去吧。」

「遵命。」

從迷宮回來之後，幾乎每天都有人請我聚餐，但是今天為了歡迎卡麗娜小姐她們，全都

婉拒了。

太守夫人、艾魯塔爾將軍、公會長，這些人的聚餐已經去過了。

我在公會長的餐會上見到老牌探索家多森先生，和之前幫過的「業火之牙」薩里貢等人；也在太守夫人的晚會上見過「赤龍的咆哮」隊長傑利爾先生等人，大家都為我祝賀過。

傑利爾先生討伐中層「樓層之主」時，我借給他「炎之魔劍」，他在餐會上還給我了。

他一直拜託我能不能把魔劍讓給他，但要是魔劍被拿去分析可不太妙，所以我堅決不給。如果他有「詠唱寶珠」之類的可以交換還能談，但是就沒有啊。

「——解除。」

沒多久蜜雅解除了魔法，卡麗娜小姐從裡面的房門回來，胸前已經包得緊緊了。

聽說卡麗娜小姐她們除旅行裝備外沒帶衣服換，剛才碰面時穿的禮服是唯一的備用服。

洗完澡還要穿髒衣服也太可憐了，所以就拿娜娜的衣服給卡麗娜小姐換上。

穿起來有點緊，布料繃到快裂開，我就不說是哪裡了。

不知道是因為剛洗好澡，還是剛才穿了浴袍就闖進來，卡麗娜小姐臉蛋微紅看來有些迷人。

「明天上午就找裁縫師傅來做一套新的，今天請您忍著點穿這件吧。」

「做新衣太浪費了！」

卡麗娜小姐貴為領主千金，但是過了太久窮苦日子，金錢觀還是很百姓。

「太守夫人送來邀請函，請您參加晚餐與茶會，總不好穿著旅行裝備出席吧？」

可能在街上見面的時候被誰瞧見，剛回到大宅，邀請函就送到了。

太守夫人消息之靈通，行動之迅速，還是令我驚艷。

「我就不出席了，請替我發函婉拒吧。」

直接回絕也是不行，我們僵持了一陣子，最後是藉口要挑選攻略迷宮用的必要裝備、武器與防具，不克出席。

還有另外一個問題。

「我下個月必須出席王國會議，大概再過十天就要前往王都。」

像我這種其他領地的最下級貴族，原本是沒必要參加，但是討伐「樓層之主」要授勳，還有其他儀式要辦，不得不參加。

「穆諾男爵與妮娜執政官連署，吩咐要卡麗娜大人同行。」

我們會合的時候，卡麗娜小姐的首席侍女碧娜把這封信交給我。

「才不要！」

「已經說好了。」

「不、要。」

卡麗娜小姐像個小孩鬧脾氣。

「卡麗娜，任性～？」

「如果不盡義務，權利就會挨罵！」

小玉跟波奇幫我說服卡麗娜小姐。

難道卡麗娜小姐對她們兩個來說算小妹嗎？

「可是！我要跟小玉和波奇一起當個耀眼的探索家！」

卡麗娜小姐猛搖頭，繃緊的胸口跟著搖晃，彈開一顆扣子，從中可見內衣。

她穿的並非希嘉王國常見的胸衣，而是之前在穆諾領由亞里沙所推廣的現代式胸罩。

我提醒自己別往那裡看，跟著說服卡麗娜小姐。

「王國會議結束之後，再回到迷宮都市不就得了？」

「可是，會不會叫我從王都直接回男爵領去？」

我也覺得這樣比較好，但是人家千里迢迢才抵達，什麼都沒做就要回去，也太心酸了。

「到時我會替您說話。」

「一定要喔！」

話我是會說。

但是不保證妳一定能回到迷宮都市啦。

「士爵大人，要在後天之前做好卡麗娜小姐的禮服，是否太勉強了？」

碧娜問的問題很合理。

聽她這麼說也對，我自己在天亮之前就能完工，誤以為大家都行。

「那麼明天就去租衣鋪子張羅服裝吧。」

太陽是才剛下山，不過才洗完澡又要出門，有點麻煩。

「那我就去預約，同時預聘修改師傅，可以嗎？」

「麻煩米提露娜了。」

就卡麗娜小姐來說，胸圍是必定要修改了。

「哇——所以從公都到王都是搭飛空艇啊。」

離晚餐還有點時間，我就聽卡麗娜小姐說說旅途軼事。

「是多爾瑪叔叔替我安排的。」

多爾瑪是卷軸工坊西門子爵的弟弟，跟卡麗娜的父親穆諾男爵有親戚關係。

多爾瑪也是我的朋友，他在公都介紹給我不少人脈。我想起卡麗娜小姐的弟弟俄里翁，曾經帶著我跟多爾瑪去夜遊幹壞事。

「接下來才頭痛呢。」

「走到腿都要斷了，只能吃乾糧度日啊。」

卡麗娜小姐的護衛女僕艾莉娜，跟新人妹一起抱怨。

「走到腿斷，您沒有搭乘驛馬車嗎？」

王都與迷宮都市之間應該有定期行駛的驛馬車才對。

「因為卡麗娜大人不想搭啊。」

「因、因為，我只要上車，車上的男人都會盯著我看啊。」

卡麗娜小姐彆扭地別過頭。

好吧，我懂乘客的心情，也懂卡麗娜小姐的不開心。

沒有包馬車想必是卡麗娜小姐節省。行李這麼少，應該是為了徒步旅行，不得不減量。

「但是徒步旅行不會很危險嗎？」

「倒也不會，沿路幾乎沒有魔物出沒啊。」

「連盜賊都沒有呢。」

「這陣子好像碰巧是王都騎士大人們沿路放哨的時間。」

碧娜補充了艾莉娜跟新人妹的說法。

卡麗娜小姐她們的運氣似乎不錯。

然後又聽到乒乒乓乓的腳步聲。

「卡麗娜！妳看妳看喲！」

「小玉也要～」

波奇跟小玉兩個拿了大圈圈回來，然後掛在腰上轉動起來。

——是呼拉圈。

凱旋遊行之前必須待命，為了增加運動量，我請亞里沙做了呼拉圈。

我還想說她們兩個怎麼不見了，原來是回房間去拿呼拉圈啊。

「好厲害！妳們兩個都太可愛了。」

卡麗娜小姐拍手叫好，波奇跟小玉兩人開心地加快搖呼拉圈的速度。

「小亞里沙也不能輸喔。」

「動起來。」

「一樣參戰，我這麼報告道。」

亞里沙、蜜雅、娜娜也不服輸，從房裡拿來呼拉圈開始搖。

先不提前世有經驗的亞里沙，蜜雅竟然也搖得頗好，雙馬尾擺來擺去的，有點擔心會不會卡到圈圈就是了。

娜娜跟我一樣沒什麼節奏感，搖沒幾下就掉了。感覺有點不甘心。

「我、我也想試試看喔。」

「來吧～」

「簡單喲！卡麗娜肯定馬上就能學會喲！」

卡麗娜小姐顯得興致勃勃，小玉跟波奇邊搖呼拉圈邊點頭。

「提供我的呼拉圈，我這麼報告道。」

娜娜將自己的呼拉圈交給卡麗娜小姐。

其他小朋友的呼拉圈太小，應該不好搖吧。

「這要怎麼玩？」

「先靠在腰上～」

「然後腰扭啊扭的就好了喲！」

小玉跟波奇先停下呼拉圈，然後慢慢示範該怎麼開始搖。

「是，這樣嗎？」

卡麗娜小姐想搖起來，但是很快就掉到地上。

「不對～」

「要在這裡，用力扭起來喲。」

小玉跟波奇把圈圈套在腰上，教卡麗娜小姐搖圈圈的訣竅。

小玉跟波奇兩人扭腰的樣子真可愛。

「是，這樣對吧！」

卡麗娜小姐模仿波奇用力扭下去，呼拉圈不算太穩，但總算搖起來了。

她的身材本來就很好，動作又豪邁，實在好看。

「很好～」

「就是這樣喲！」

呼拉圈又落地幾次，卡麗娜小姐總算抓到訣竅。

「成功了！波奇、小玉，我會搖了呢！」

「不愧是卡麗娜喲！」

「超讚～」

真正夠讚。

上半身配合扭腰的節奏彈呀跳的，我大飽眼福——

「有罪！」

「吼！要看就看小亞里沙啊！」

蜜雅跟亞里沙似乎看穿我的心思，擋到我面前來。

不懂，我明明仰仗無表情技能老師的幫忙，看來就像個欣賞孫兒們嬉戲的和藹老爺爺啊……

◆

「唔哇——士爵大人請吃飯，朝思暮想的大餐啊！新人妹快看！炸雞堆得這麼高喔！」

好菜不斷上桌，喊得最開心的是卡麗娜小姐的武裝女僕，艾莉娜。

「艾莉娜，我們是卡麗娜大人的隨從，別忘了分寸。」

「遵命！」

今天是凱旋遊行休養會，兼卡麗娜小姐的歡迎會，所以卡麗娜小姐的隨從們也受邀上桌。不過其實也不算上餐桌，而是大家在餐廳辦派對。

慶祝用的好菜，也分給私立養護院跟探索家學校。

小朋友們還有收到附贈的金太郎糖，這是我在迷宮做給大家吃的伴手禮。但是小朋友可能會害怕金太郎的臉，所以上頭的圖畫改成小雞或兔子。

「大家趁熱吃吧。」

我開口請大家快吃，波奇口水直流，交互看著我跟桌上的飯菜。

那眼神感覺就像在喊：「可以吃嗎？可以吃嗎？」

「妳不吃嗎？」

波奇耳朵豎起來，尾巴猛搖個不停。

「可以吃喲？」

「不行。」

「不准吃。」

波奇滿心期待，但是亞里沙跟莉薩無情拒絕。

為什麼——波奇正要問，突然想起我判她「三天沒肉吃」的酷刑。

「至少今天——」

「就說不行。」

——我還打算放行，結果亞里沙立刻阻止。

「真是受不了，簡直像個寵壞小孩的爸爸。」

如果這麼說，亞里沙就是教養嚴厲的媽媽了。

腦中浮現荒唐的光景，微微搖頭不再去想。

波奇就忍著點吃豆腐排吧。

我這麼想，才拿了豆腐排過來，亞里沙又打回票說：「給她吃豆腐排就不算處罰了吧？」

「慘兮兮喲～」

波奇垂頭喪氣，做出反省姿勢。

「波奇，妳過來。」

「……是的喲。」

既然不給她吃肉，就先把大家很愛搶的本人大腿位置借她撒嬌吧。

但是吃不到肉只能聞香，感覺又很殘忍，所以我用風魔法的「氣體操作」跟生活魔法的「除臭」讓波奇聞不到香味，結果波奇反而更傷心地說：「連肉先生的香味都不見了喲。」

如果第一餐就這樣，到第三天肯定很慘。

「想睡睡～？」

「——卡麗娜，想睡覺了喲？」

卡麗娜小姐歷經長途跋涉，又吃了個酒足飯飽，開始打起盹來。

她手下的護衛女僕們吃飽肚子，也是睡眼惺忪。

「真沒辦法——」

也不好讓她們睡在這裡，我打算把卡麗娜小姐送回房間睡覺，走到她面前準備公主抱。

「——唔哇。」

新人妹看著我，臉紅又心跳。

碧娜也在新人妹旁邊奸笑，艾莉娜則是五味雜陳。

我一時還以為艾莉娜吃醋，不過她是個大胃王，應該是不希望餐會就此結束吧。

「給我等等～！」

我正要伸手去抱卡麗娜小姐的背跟腿，亞里沙擺出昭和年代的姿勢來阻止我。

「娜娜，起重。」

「是的，蜜雅。」

蜜雅一聲令下，娜娜以行雲流水的動作把卡麗娜小姐公主抱起來。

卡麗娜小姐的魔乳跟娜娜胸前對撞出複雜的曲線。

旁觀是頗有眼福，但心裡又有些羨慕。

「主人，卡麗娜大人一行要住在正房的客房？」

「不對，這樣不合規矩，我準備了廂房的客房。」

「了解，麻煩娜娜了。」

「是的，亞里沙。」

娜娜將人搬去廂房。

新人妹跟著娜娜走，艾莉娜依依不捨地把桌上的炸雞塞進嘴裡，露露給她一個小籃子打包帶走。

「士爵大人，只要娶了卡麗娜大人，就能隨心所欲喔。」

碧娜使出惡魔的呢喃，笑嘻嘻地跟著娜娜走了。

她平常不是這種個性，看看她剛才的座位底下發現空的蜂蜜酒瓶，看來她是喝醉了。

「肉先生，為什麼你是肉先生？」

吃完晚餐，波奇在臥室裡看著故事書上的肉，自怨自艾。

剛才那餐沒肉吃，打擊好像很大。

另外小玉跟莉薩也主動表示要跟波奇一樣不吃肉，但是我不喜歡連坐法，所以不准。

「波奇，明天早上就——」

「難道！明天早上就可以吃肉了嗎？」

波奇對我的話過度反應，直接打斷我，但是這次真的要她好好反省，所以不能寵。

「——肉是沒有，不過就做波奇喜歡吃的咖哩吧。」

「慘兮兮喲～」

波奇空歡喜一場，虛脫倒在坐墊上面。

連她最愛的咖哩也救不回來啊。

小玉從旁邊偷偷要給波奇一塊肉乾，被我用「理力之手」攔截拿走。

「不行～？」

「不行。」

「小玉有這份心意就夠了喲。罪人波奇必須受罰喲。」

波奇的這番話有那麼點假惺惺，應該是受到亞里沙的影響，當沒聽到好了。

我等同伴們都睡著之後，去造訪了「蔦之館」。

這是精靈賢者托拉札尤亞之前建造的大宅，地底有他的研究設備，或許比不上精靈鄉的設備，但是也有各種器材跟魔法裝置。

我來這裡是想研究能不能做出「具有智慧的魔法道具」拉卡的劣質複製品，好給波奇跟小玉用。

煩惱了一個晚上，結論是應該參考精靈們製造魔巨人所使用的智慧迴路。

明天白天想想迴路架構，晚上就組裝進去吧。

◆

「潘德拉剛卿！太晚了！」

「佐藤閣下，等你很久了！」

隔天早上——其實我離開蔦之館的時候天就亮了——吃完早餐，帶著卡麗娜小姐一行前往探索家學校的教室，太守三公子蓋利茲跟諾羅可王國的米提雅公主，還有其他一批貴族子弟已經等在裡面了。

看來大家真的很期待貴族課程啊。

每個人都準時露面，一個都沒遲到，我挺意外的。

「這、這位美人是哪位？」

有個我不記得名字的貴族子弟，看到我身後的卡麗娜小姐就問了。

卡麗娜小姐左右兩邊的小玉跟波奇莫名得意。

肯定是聽到有人誇獎卡麗娜小姐而開心。

「這位是我主公的千金，卡麗娜．穆諾大人。」

我將卡麗娜小姐介紹給貴族子弟們，也將子弟們介紹給她。

本來是打算讓獸娘們護衛卡麗娜小姐前往迷宮練功，不過又想幫她多交點朋友，就帶她來課堂上了。

這裡都是年輕的小朋友，不過有膽大包天的米提雅公主，以及嚮往當個武師的梅莉安小姐，應該可以跟卡麗娜小姐當朋友。

「好美。」

「好強……」

男孩們被卡麗娜小姐的美貌與魔乳吸到魂都飛了。

我想青春期男孩有這種態度很合理，但是梅莉安小姐一直不屑地瞪著蓋利茲他們，還是小心點好。

蓋利茲應該沒有聽到我的心聲，但注意到梅莉安小姐的眼神，立刻坐直身子。

「卡麗娜閣下好厲害，第一次見到比母后更大的人哪。」

米提雅天真無邪地誇獎卡麗娜小姐的魔乳。

說得太露骨了，卡麗娜小姐害羞地遮著自己胸口。

嗯，這個動作有反效果。

我忍不住想輸入「●ＲＥＣ」指令。

「就座！」當我胡思亂想的時候，講師卡吉羅先生與綾女小姐走進教室來了。

「原來士爵大人在此啊。」

卡吉羅先生一看到我就打招呼。

「抱歉讓你急著開課。」

「士爵大人開口，哪有什麼好猶豫的。我已經做好準備，這就省了招人的功夫啦。」

「能不能再多收一個學生？」

我介紹卡麗娜小姐，請講師答應。

「當然可以。」

卡吉羅先生一口答應我的要求，請卡麗娜小姐入座，然後面對學生們。

「我是這堂課的講師卡吉羅，這位是助手綾女。課程為期半個月，只要途中沒有被淘汰，結業之後想必能獲得匹敵騎士的實力。」

卡吉羅先生自我介紹，並說明課程目標。

米提雅公主、梅莉安小姐，以及各位貴族子弟，眼睛炯炯有神。

「但是我在課堂上絕不偏心，講課時也不對各位客氣用敬語。不滿意的同學請立刻放棄離席，想獲得特別待遇的同學，日後會介紹專用講師。」

大多貴族子弟都擺出「求之不得」的表情。

卡吉羅先生解釋到一個段落，我就先離開了。這裡交給卡吉羅先生跟綾女小姐應該沒問題。

「佐藤已經要走了嗎？」

卡麗娜小姐看我轉身要走，焦急地開口問我。

「是，等等還有事情要辦。」

等等預定要帶潔娜小姐逛迷宮都市呢。

「怎麼會……太過分了。」

「卡麗娜～？」

「不可以賴皮喲。」

「可是……」

小玉跟波奇安撫不滿的卡麗娜小姐。

「下午就要去租衣舖，就算上完課了也不能去玩喔。」

「我、我知道啦。」

我叮嚀一句，卡麗娜小姐氣得別過頭。

是錯覺嗎？她的言行好像比之前在公都更幼稚了。

是因為跟小玉波奇久別重逢，開心得心智年齡都跟她們一樣了？

◆

「跟潔娜小姐碰頭之前還有點時間啊……」

我打開選單確認現在時間，嘀咕一聲，就變身庫羅，前往王都的越後屋商會露個臉。

大概接續三次「歸還轉移」之後抵達商會總店，發現裡面就像捅了蜂窩一樣兵荒馬亂。

「掌櫃！第七騎士團詢問能不能訂購魔劍！」

「不是說不能再接單了嗎！照常用的格式回信婉拒！」

有個金髮貴族女孩坐在最裡面的桌邊，跟堆積如山的文件奮戰，她正是越後屋商會的掌櫃艾爾泰莉娜。從通往樓下的走廊跑來一個商人女孩通報消息，她以緊迫的語調回應。

「掌櫃，第十騎士團說──」

「我就說不能再接單啦！」

「不是，人家說要加訂急救箱。」

「那就可以，要加訂幾個？」

「說要訂一百個。」

「一百？蒂法麗莎，我們有庫存嗎？」

「庫存有三十一個。我們還有繃帶跟消毒水，但是消毒水用的瓶子跟退燒藥錠的庫存不夠了。如果要接單，請指派內勤人員把退燒藥錠磨成藥粉，包成藥包。」

掌櫃發問，大堆文件另一邊的銀髮晃動著。

看來蒂法麗莎就坐在對面。

「了解！莉茲去安排內勤人員，五個就夠了。洛莉去藥師公會收購退燒藥錠，但是藥師公會的瓶子賣很貴，要去找批發商──庫羅大人！」

「「「庫羅大人！歡迎回來！」」」

剛剛大家還殺氣騰騰，一看到我立刻笑著打招呼。

翻臉真是比翻書還快，而且可不是職業笑容，是真心微笑。

「看來挺順利的，別在乎我，回去工作。」

我這麼說，等掌櫃下完命令之後才打聽這裡的狀況。

「建造飛空艇的用地已經買好了，預計這個月中就會過戶。另外有經營不善的倒閉工廠，問我們有沒有意願收購，這是調查文件跟合約。」

我大致看看調查文件，包括工廠之前所有人等資訊。

查得很詳細，總之賣家看來沒有問題，我再看看合約有沒有缺漏，就批准這筆交易。

這麼看來，往後可以交給掌櫃處理，不需要我來檢查了。

「好多人來問魔劍跟魔槍的價，我們照庫羅大人吩咐，每個月只產五支，訂單只預訂兩個月。至於庫羅大人擔心的飛空艇，還沒有人詢價。」

「這樣啊。」我簡短回應掌櫃的報告。

「迷宮都市分店所製造的『植物油』跟簡易點火魔具，銷售量都慢慢增加。使用魔物材料的人身裝備，在平民客層之間賣得很好，往後需求應該會很穩定。之前庫羅大人提議的『急救箱』庫存已經賣完，必須追加生產了。」

掌櫃報告起來非常興奮，幾乎有種猛搖尾巴的感覺。

之前討伐「樓層之主」之後必須在迷宮裡閉關一陣子，這段期間我就跑去越後屋商會賽利維拉分店，用庫羅的模樣開始栽培工匠。

不知是因為我具備教育技能，還是學徒很有天分，總之有不少人取得生產類的技能。

不過大家的技能等級都不高，目前只能生產很簡單的魔法道具（像簡易點火魔具）、木箱、小五金等初級的東西。

做得多，功夫就更好，無論遊戲或現實都是一樣，希望大家能努力提升技能等級。

這就先不提——

「妳們有沒有好好休息跟放假？」

越後屋商會從掌櫃到主管，每個人都有黑眼圈，AR顯示大家的精力量表都要歸零了。

「庫羅大人別擔心！我們只要喝大人送的營養補給藥，就不必休息了！」

哪有，這不行啦。

二十四小時奮鬥，過勞死會開開心心地找上門喔。

「不准，一群蠢貨。」

「庫羅大人？」

掌櫃露出爆肝趕工常見的熬夜嗨笑，我敲了她的腦袋。

我盡量保持庫羅的口氣，並好心地教訓她們。

「不管有多忙，都要確保休息時間。一時的利潤，哪裡比得上妳們過得健康快樂？緊要關頭是可以加班或留宿，但小心別淪為常態了。」

「「「是的，庫羅大人！」」」

妳們可不像現在的我，有個好幾天不睡也沒問題的鐵打身體啊。

我想還是要照先前的規劃，把越後屋商會的主管們帶去迷宮，升到等級三十左右才好。

精靈師父們說不推薦力量式升級，我想是因為戰鬥技巧跟技能跟不上。

如果只是為了提升精力跟基本體力，應該沒問題吧？

等我找到方便的力量式升級點，就來找掌櫃她們商量。

「庫羅大人？」

「啊，沒事。」

哎呀，竟然當著掌櫃的面沉思了。

「我替迷宮都市的貴族辦點小事，收了些禮物，休息的時候拿去吃。」

「聞起來好甜啊，是點心嗎？」

「聽說叫做舒芙蕾蛋糕，跟藍紅茶很搭。」

這是我的手工蛋糕，作者顯示為佐藤。

越後屋的主管們靠過來看甜食，我用地圖標誌一覽確認潔娜小姐的狀態，發現從「睡眠」改為「無」，差不多該撤退了。

「魔法藥之類的補貨就放在地下倉庫，如果有缺什麼——」

「庫羅大人，請參考這份清單。」

蒂法麗莎機伶地給我一份缺貨清單。

「蒂法麗莎，做得不錯，往後好好輔佐掌櫃啊。」

「是，庫羅大人。」

銀髮的蒂法麗莎點頭答應，顯得有些自豪。

平時沉著的她會這麼高昂，代表是信任我，真開心。

掌櫃則是凝視著我，好像要跟蒂法麗莎對抗。

對了——

「掌櫃，王都社交圈有沒有哪個大小姐，穿的禮服十分出色的？」

我問問，想給卡麗娜小姐的禮服做個參考。

「出色？是跟隨風潮的出色？還是開創風潮的出色？」

「前者。」

卡麗娜小姐似乎相當喜歡保守的禮服，應該不會喜歡走在流行尖端的特殊禮服。

掌櫃給了我幾個大小姐的名字，我立刻用地圖搜尋。

有幾個名字的大小姐正在開茶會，我用空間魔法「眺望」觀察，再用「錄影」魔法拍下所有人頸部以下的服裝照。

沒拍臉是尊重隱私，只是好像沒什麼意義。

「掌櫃，護衛用的魔巨人還夠用嗎？」

「是，大人配備了真鋼魔巨人和許多石魔巨人，就沒有宵小強盜來偷搶魔劍，魔劍運送也安全無虞了。」

普通大小的石魔巨人，頂多只有等級三十，所以我用「地隨從製作」魔法做了大概四個真鋼魔巨人，追加配備。

特地使用真鋼材料，是因為製造出來的等級比較高。

兩種魔具人都配備了對魔族用的聖碑迴路，成為「受聖別的魔巨人」。

「石狼最受歡迎！」

矮小的貴族女孩騎著石狼這麼說。

「魯娜，別在室內騎石狼了。」

「咦——可是騎著它比較輕鬆——」

在室內都要騎，可見有多喜歡石狼。

「魯娜！」

「好啦──」

掌櫃一罵，矮小貴族女孩才從石狼身上下來。

掌櫃清清喉嚨，又面對我說。

「真要說的話，石馬比較受歡迎，好多貴族問過能不能出售呢。」

「咦──石狼比較可愛啦──」

魔巨人的核心是魔核，大量使用精靈技術，結構上需要補充魔力，不適合出售，所以不准。

「我不打算賣魔巨人，就算王國來詢價一樣拒絕。」

「遵命，庫羅大人。」

下次要不要做個內裝聖樹石爐的奧利哈鋼魔巨人，可以長時間運轉呢？我想著想著，點頭回應掌櫃，將貨品卸在地下倉庫裡就回到迷宮都市。

◆

「是不是還有時間呢？」

為求謹慎，看看地圖，潔娜小姐好像還在宿舍裡。

我來得太早，有點閒，決定慢慢散步到西公會去。

探索家學校的操場上，貴族子弟兩兩一組，正在活動身體。

「——哎呀？」

突然發現卡麗娜小姐獨自坐在操場角落發呆。

不對，只是樹籬擋住視線，小玉跟波奇也在她身邊。

「誰都會失敗的喲？不可以這麼消沉喲。」

「卡麗娜，奮鬥～？」

「可是……」

看來她搞砸不少東西，小玉跟波奇正在安慰她。

我有點在意，就先去探索家學校詢問卡吉羅先生。

「其實，倒也沒有搞砸什麼……」

卡吉羅先生難以啟齒，原來課堂上為了瞭解大家的實力，進行實際操練，結果卡麗娜小姐用木劍打爛了一部分的校舍。

之前在練空招的時候，也用木劍敲打對手的木盾，差點就打到人。

「我、我只是手滑了一下啦……」

『抱歉，佐藤閣下，我應該強制解除卡麗娜閣下的身體強化才是。』

卡麗娜小姐想狡辯，「具有智慧的魔法道具」拉卡替她道歉。

「校舍可以修理，但若是失手打中人，貴族子弟們會身受重傷，所以就請卡麗娜閣下在旁觀摩了。」

「小事情，這我就懂了。」

卡吉羅先生也不希望第一天開課就有傷兵吧。

「等他們的敏捷能應付比較突然的狀況，耐性能承受一定的打擊，就不成問題吧……」

格鬥派的下級魔族可以空手打死穿著金屬盔甲的騎士，但接受拉卡強化的卡麗娜小姐，應該能跟這種魔族互毆。

卡麗娜小姐一時失手，對等級個位數的小朋友來說太危險了。

卡麗娜小姐本身大概等級九，但是平常都靠拉卡幫忙，體能類的能力值都不高，肌肉力量又特別低，如果沒有拉卡的超強化，要揮舞訓練用的劍可能都成問題。

「才一天就被退學了。」

「打起精神～？」

「不可以愁眉苦臉喲。」

卡麗娜小姐腳步沉重，小玉跟波奇還在安慰她。

兩人帶著想要探索家證的卡麗娜小姐，前往探索家公會。

卡麗娜小姐帶著護身用的模造劍（帶劍鞘），跟小玉和波奇的短劍是同款。

「莉薩～？」

「莉薩在空地上決鬥喲！」

愛心供餐廣場突然人山人海，只見莉薩在人群之中跟外國武師決鬥。昨天迷宮方面軍駐紮地前面的臨時競技場，好像已經拆除了。

「對手似乎很強喔。」

卡麗娜小姐說得沒錯，對手相當強，但是莉薩的等級比較高，而且經常跟精靈師父、小玉、波奇等人交手，過招經驗豐富，較量起來比較有優勢。

只見對方左右亂跳，莉薩只是以最小的動作來架開對方的攻擊。

「加油～」

「就是那裡喲！」

莉薩往我們這裡瞥了一眼。

應該是小玉跟波奇的加油聲被她聽見了。

「危機！」

「危險喲！」

較量的對手抓準莉薩的破綻，一招打向莉薩的臉，但莉薩頭也不回，轉身閃過這招，還利用旋轉的勁道甩出尾巴，掃倒了對手的腳。

對手還沒能站起身，莉薩就用魔槍多瑪指著對方的鼻頭，點到為止。

「大爺我輸啦！」

「──贏家，黑槍莉薩！」

對手認輸，男裁判大喊莉薩的名字。

看來還有開賭盤，押錯的賭票滿天飛。

「莉薩，辛苦啦。」

「喂，小子！別插隊！」

我上前慰勞莉薩，一個大塊頭的猿人族漢子對我大吼。

「下一個跟黑槍莉薩交手的人，是我金剛無雙基蒙大爺！」

「對啊！排隊來！」

「預賽沒看過你這小子！等你打贏預賽再來！」

繼猿人族漢子之後，又有個虎人族跟疤面男來找麻煩，更後面還有六七個男男女女。看來他們都是要找莉薩決鬥的挑戰者。

看來這些還是通過預賽的人呢。

「不准對主人無禮。」

莉薩闖進我跟挑戰者們之間。

「主人？」

「難道這個就是潘德拉剛？」

「就是莉薩閣下經常炫耀的那個潘德拉剛？」

原來莉薩有在炫耀啊。

我看了莉薩一眼，她臉有點紅。

「還有點時間，讓我來打幾招如何？」

老是讓莉薩應付這些人也不好意思。

「哪裡敢，不能勞煩主人動手啊……」

莉薩這麼說，但是好像有什麼真心話不敢講。

「沒關係，妳說說看。」

「方便的話，請跟我打一場。」

「可以呀，不過今天在城鎮裡，點到為止好嗎？」

平常交手有黃金鎧的防禦力，稍微打到是沒有關係的。

「喂，他說今天點到為止？有沒有？」

「所以平常訓練都沒有手下留情喔……」

「難怪短時間就變得這麼強啊。」

觀眾們臉色鐵青。

大家好像誤會了什麼。

「黑槍莉薩對決高深莫測的潘德拉剛少爺！要下注的過來！」

我還想說這個莊家怎麼挺眼熟的，原來是老街角頭，泥鰍史考畢啊。

莉薩說史考畢答應賺來的六成要歸她。

「一分高下！」

不知道誰在旁邊學格鬥遊戲么喝，我跟莉薩的對決就此開始。

戰況跟剛才不同，莉薩發動了身體強化、反射神經高速化等戰鬥支援系技能。

莉薩撲來。

是認真的瞬動。

瞬間使出十六招快如疾風的突刺，掠過我的臉和身體。

對準丹田這一槍我閃不開，就轉個身用手撥開魔槍槍桿。

如果我現在用妖精劍補招，應該就分出輸贏，但我只是默默看著莉薩往後跳。

「莉薩，變強了喔。」

我不禁開口誇獎。

莉薩沒有回應，慢慢調整氣息。

「動作跟剛才打我們的時候不一樣喔？」

「所以她對我們放水啊……」

「不對，那不是重點，你們有看清楚少爺的動作嗎？」

「沒有，連一半都沒看懂。」

「少爺幾乎都沒動，就閃掉黑槍莉薩那麼多招喔。」

觀眾一陣譁然。

我既沒有使用魔刃，也沒發動身體強化技能，沒用必殺技，有那麼誇張嗎？

——突然聽到忽的一聲。

莉薩的魔槍發出紅光。

紅光緩緩流布到莉薩身上。

應該是渾身運行魔力了吧。

「黑槍莉薩要出招啦！」

一個觀眾大喊。

說時遲那時快，莉薩像砲彈般衝了出來。

就像一支拖著紅光的長槍，電光石火。

這一槍感覺就是要置我於死。

而且槍速還愈來愈快。

比我想的還快。

我揮出妖精劍，莉薩的魔槍鑽過我的劍刃。

廣場上一聲巨響，利刃停在喉頭。

「妳真的變強啦。」

「……是，主人。」

廣場上鴉雀無聲，我和莉薩的低語慢慢淡出。

◆

「贏家，潘德拉剛！」

裁判大喊一聲。

「咦咦？到底發生什麼事啦？」

「不懂，少爺上段揮了一劍，黑槍莉薩從下方鑽進去一槍，但是才一眨眼，這槍被閃掉，少爺的劍尖已經抵在黑槍莉薩喉頭了。」

看來莉薩的挑戰者們沒能看清楚細節。

「小玉跟波奇看得懂嗎？」

「當然喔～？」

「主人的劍柄咻畢一下撞開莉薩的槍，然後嘟叭一下出劍喔。」

「咻叭嘟畢～」

卡麗娜小姐發問，小玉跟波奇用慢動作重演一次。

一旁的觀眾看了兩人表演，才搞清楚剛才的交手過程。

「好強啊，竟然用劍柄彈開那麼快的一槍。」

「不對，那不是重點，少爺擋開之前不是才揮出上段一劍嗎？」

「揮劍到一半還能做出那種雜耍動作，太強啦。」

雜耍，講得真過分啊。

「黑槍莉薩常說『主人遠遠比我強』果然名不虛傳啊。」

「喂，你剛剛是模仿莉薩大人的口氣嗎？爛透了！還當著莉薩親衛隊的面，好大膽啊！」

觀眾又一陣譁然。

是說莉薩竟然有親衛隊？簡直跟輕小說一樣。

「多虧主人，讓我重新體認自己的不足，幸好還有很多人可以練招，我會繼續精進。」

「適可而止喔。」我看莉薩威風凜凜，說了這句就帶其他人離開廣場。

「啊啊，這個濃密香味就像天堂一樣喲。」

「濃密密～」

我想應該是跟濃郁搞錯了，總之攤販冒出熱騰騰的烤肉味，波奇跟小玉閉上眼猛聞，一臉幸福樣。

這對正在受罰沒肉吃的波奇來說太殘忍，所以我們迅速穿過攤販街。

「——所以我要妳組成救難隊啊！」

「話不能這麼說，救助沒有黃金證的冒險家，是要收費的。」

「等人救回來，要多少我都付！」

走進探索家公會，發現櫃檯那邊吵吵鬧鬧的。

好吧，櫃檯本來就是容易有糾紛的地方。

「啊～烏沙沙跟拉比比～？」

「高加爾他們也在喲！」

小玉跟波奇發現櫃檯前面有熟人，就跑上前去。

那些是探索家學校第一屆的公費生。

我上前跟學生後面的老師打招呼。

「捷娜小姐，今天不是畢業的實習嗎？」

「士爵大人，我們就是在實習，結果撿到一個半死不活的年輕貴族——」

看來就是剛才大吵大鬧的貴族男孩。

「伊魯娜老師，聽說救出貴族可以賺錢，結果根本沒得賺啊。」

「我不是說『通常』而已嗎？」

學生們向伊魯娜抱怨。

伊魯娜說無法繼承爵位的貴族子弟，經常跑到迷宮都市來，但是沒有服過兵役還硬是要去探索，很容易全軍覆沒或死傷慘重。

伊魯娜最後還補充一句：「但是不只有新手貴族會全軍覆沒喔。」

通常救出了貴族，貴族會答應支付報酬，但如果這貴族窮困潦倒，來迷宮都市想鹹魚翻生，反而會被倒債。

真的是衣食足而知榮辱啊。

「我之後一定會付錢！」

貴族男孩不斷跳針大喊。

說來這個人我好像有點面熟，試著回想一下，原來是遊行那天跟蓋利茲他們吵架的男孩，名叫柏曼。

柏曼身上的盔甲破破爛爛，可以看見裡面的衣服血跡斑斑，不過應該有急救過。

「那他的護衛們呢？」

「只找到他一個人。」

好幾個等級超過二十五的護衛都打不贏的對手啊……

我打開地圖，看看畢業實習的預定路線。

看起來沒有特別強的魔物出沒。

「是很巨大的怪物啊！怪物的手臂像刀劍又像斧頭，拉里斯的大盾跟杜肯的鋼甲，就像紙一樣被劈爛啦！探索家公會怎麼能放任這種魔物作亂！」

男孩揮舞著血淋淋的手臂大喊。

「我們也是第一次聽說，怎麼會是放任呢？而且這類魔物的目擊資訊，公會也只會口頭告知探索家們，不會親自處理。」

「那至少派救難隊吧。」

「方才也說過，救難隊必須先付費才能委託。而且搜索範圍與搜索天數會影響費用，請留意。」

櫃檯小姐用死板的口氣對男孩這麼說。

我覺得是有點可憐，不過救難隊也要賭命，組隊需要很大一筆錢，為了避免賴帳，先繳錢也是合情合理。

既然這個男孩沒有先繳錢，代表他在迷宮都市裡無親無故了。

「唔唔唔……」

男孩依舊不肯放棄自己的同伴，讓我印象不錯，就根據剛才聽到的人名，用地圖搜尋他的同伴。

拉里斯跟杜肯兩人已經死亡了。

用空間魔法「眺望」確認拉里斯跟杜肯兩人的位置，發現那裡還躺了很多具屍體。

如果我記得沒錯，屍體數量就跟他先前率領的同伴人數一樣。

男孩說得對，屍體大多遭到大劍或斧頭之類的刀劍砍死。

我一時以為是遭到迷賊或其他探索家殺害，但是從傷痕位置看來，出招者的身高明顯比一般人還高，應該是身上有利刃部位的魔物所殺害。

光從地圖看，這一帶沒有等級超過二十的魔物，殺害他同伴的魔物肯定躲到湧穴裡了。

「可以打擾一下嗎？」

「你幹什麼！」

「我認識救你命的人。」男孩口氣很差，我這麼回答他，然後找櫃檯小姐談。

「我來付委託費，搜索範圍就是從伊魯娜她們救人的地方，到迷宮村之間。搜索期間四天，可能會找到傷者，多安排幾個擔架或挑夫。」

希望能趁屍體被迷宮魔物吃掉之前收回來。

我還避免被男孩聽到地小聲吩咐櫃檯小姐，就算只有屍體也一樣付報酬。

「多、多謝——」

「我是潘德拉剛。」

我想起自己還沒報上名號，就簡單說了。

「——潘德拉剛卿，這恩我日後必定會報。」

貴族男孩哭著道謝，然後離開。我繼續前往窗口，要替卡麗娜小姐註冊探索家。

「這樣我也是探索家了嗎？」

卡麗娜小姐感動地把木證塞在胸前。

我忍不住往她胸口看，但努力把雙眼拉回來。

「當然喔～？」

「要像樣還早得很喲！」

「好，我一定會當個像樣的探索家！」

看著小朋友跟卡麗娜小姐溫馨的對話，突然發現眼角的雷達顯示潔娜小姐的光點。

從光點移動速度來看，應該是用魔法加速快跑。

我以為遲到了，看看選單裡的時間，還有一個小時左右呢。

可能發生什麼事了，我向卡麗娜小姐打聲招呼，就往潔娜小姐趕路的方向走去。

「潔娜小姐！」

才走出正門，就發現潔娜小姐在公會前面東張西望，我就大聲喊她。

今天只是在城市裡吃吃逛逛，她卻跟昨天一樣穿軍服。

「佐藤先生！」

潔娜小姐衝了過來。

感覺非常的驚慌。

「佐藤先生，糟糕了！」

潔娜小姐撲到我懷裡來，抓著我的胸口大喊。

迷宮都市的女孩們

「我是佐藤。我認為人們相處不好，最大的原因是互不理解。原本以為絕對無法溝通的人，實際聊起來可能很好說話，這是很常有的事情。」

「快、快放——放手啊。」

潔娜小姐抱住我，卡麗娜小姐急著擠進我們之間，表情不是很開心。

潔娜小姐受到出乎意料的拉力，發出可愛的尖叫聲踉蹌兩步，但是靠著軍隊裡鍛鍊的運動細胞，馬上站穩身子。

「不能動粗～？」

「不可以吵架喲。」

「才不是！突然就抱上去也太不知羞恥了！」

卡麗娜小姐用拉卡的蠻力拔開潔娜小姐，結果被小玉跟波奇教訓。

「對不起，我突然抓住了佐藤先生……」

但是潔娜小姐道歉的對象竟然是卡麗娜小姐，而不是我。

「既、既然妳明白就好。」

潔娜小姐乖乖道歉，卡麗娜小姐則是難為情地轉頭嘀咕。

看來她的怕生技能發動了。

「所以，這個女孩是誰？」

「對喔，還沒給妳們介紹呢。」

我想知道潔娜小姐為何慌慌張張，不過先為兩人互相介紹吧。

「潔娜小姐，這位是我主公穆諾男爵的二千金，卡麗娜大人。」

我對潔娜小姐這麼說，卡麗娜小姐臉微紅，別過頭說「我是卡麗娜．穆諾。」肯定是太緊張不敢直視人家。

卡麗娜小姐交抱雙臂，抬頭挺胸，更凸顯她的傲人身材。

潔娜小姐看了有點自卑，按著自己的胸口小聲說：「好美的人啊……」

好吧，確實沒幾個人像卡麗娜小姐這樣，臉蛋美身材又好。

「卡麗娜大人，這位是馬利安泰魯士爵家的潔娜小姐，是領軍的魔法兵，我在聖留伯爵領首都時曾受她關照。」

「士爵……難道是佐藤的情人？」我聽到卡麗娜小姐小聲胡說八道。

「小玉的恩人～」

「波奇跟莉薩也被她救過喲。」

我介紹潔娜小姐的身分，小玉跟波奇也跟著對卡麗娜小姐說是恩人。

「竟然能救小玉跟波奇，真厲害啊。」

卡麗娜小姐聽了，變得和善不少。

看來她的腦袋很簡單，小玉跟波奇的朋友就是她的朋友。

「——哪裡，我才是差點被飛龍打飛，被佐藤先生救了一命啊。」

「妳跟飛龍交戰過？」

「啊，是，不過不是只有我一個，是領軍的巡邏隊。」

潔娜小姐態度恭敬，卡麗娜小姐繼續追問。

看來這話題打中了戰鬥狂卡麗娜小姐的點，平常怕生的個性都躲起來了。

「佐藤也曾經救過我，就是去找森林巨人的時候——」

「卡麗娜大人，這些話就等等找個地方坐著聊吧。」

兩人意氣相投是很好，不過潔娜小姐好像有什麼急事，我想把路線拉回來。

「所以發生什麼事了？」

我正打算言歸正傳，潔娜小姐急得驚呼一聲：「對了！」

「請、請看看這個！」

潔娜小姐拿出一只信封，上面有精美又眼熟的鏤空花紋。

我看看上面已經拆開的蠟封，說出自己的想法。

「這是太守夫人——亞西念侯爵家送來的信吧。」

「就是說啊！我不知道怎麼著，昨天晚上這封信就送到宿舍來了！」

應該是太守夫人的信使，送給留守的文官代收吧。

「難道是請妳參加明天的茶會？」

「潔——妳也是嗎？」

我跟卡麗娜小姐這麼說，潔娜小姐大吃一驚。

卡麗娜小姐沒喊潔娜小姐的名字，應該不是為了保持距離，而是怕生的關係。

「果然沒錯，其實我和這位卡麗娜小姐也受邀了。」

潔娜小姐總算明白，但還是顯得有些擔心。

「但是怎麼會邀我呢？」

「不好意思，一定是因為妳認識我吧。」

我想卡麗娜小姐受邀的原因也是這個。

「原來如此啊……」

潔娜小姐的表情不太開心，但跟卡麗娜小姐的怕生不太一樣。

「我這次遠征，沒有帶太多私人行李，沒有好衣服，也沒有參加侯爵茶會的經驗，有想過是不是該婉拒呢……」

結果她的隊長跟文官堅持要她參加。

「負責補給的摩朗德先生跟文官卡拉娜小姐是有去幫我張羅服裝，但是他們剛到迷宮都市，人生地不熟的……」

潔娜小姐無助地看著我這麼說。

「所、所以希望佐藤先生介紹些舊衣店，可以讓我買衣服穿去參加茶會。」

潔娜小姐總算說出用意。

「舊禮服有點過時，我不太推薦。」

潔娜小姐聽我這麼說，面有難色。

「不然這樣吧？卡麗娜大人剛好也要去租衣舖租件禮服，潔娜小姐要一起去嗎？」

「方便嗎？」

潔娜小姐臉上的愁雲慘霧一掃而空。

「當然歡迎。」

我微笑答應，要讓潔娜小姐放心。

「但是會不會打擾了……」

潔娜小姐看看卡麗娜小姐。

波奇和小玉也仰望卡麗娜小姐。

「不、不打擾！妳可是波奇和小玉的恩人哪。」

卡麗娜小姐有點不太開心，或者說有點鬧脾氣，但還是別過頭答應了。

乍看之下像是嫉妒我跟潔娜小姐很親近，不過回顧歷史，她並沒有喜歡我的樣子。

真要說起來，比較像自己的好朋友，另外交了自己不認識的朋友，感覺震驚吧？

卡麗娜小姐的問題，就是分不清少女心跟童心。

我用空間魔法「遠話」聯絡大宅裡的亞里沙，要把碧娜她們也帶去租衣舖。

◆

「哎哎，那不就是潘德拉剛少爺嗎？」

「真的，竟然帶著大美女跟清純美少女，真是外貌協會啊。」

「小露露，少爺來了。」

「主人！」

我們要去的租衣鋪隔壁就是改衣鋪，走過改衣鋪門前的時候，發現露露跟一群女僕打扮的女孩。露露旁邊的女僕們應該是亞西念侯爵家的女僕。

「露露，跟朋友來買東西啊？」

「是！」

露露的笑容還是惹人憐愛，傾國傾城。

露露說這些女僕也想要潘德拉剛家的女僕裝，所以帶來這裡逛逛。

還開心地說等等要去三人介紹的飾品店。

露露總在參加太守夫人的茶會和餐會時駕馬車，應該就是這樣認識了其他女僕。

「大家跟露露好好相處啊。」

「「「好的！士爵大人！」」」

女僕們微笑著異口同聲，我們互相道別，然後走進改衣鋪隔壁的租衣鋪。

我挑了迷宮都市賽利維拉水準最高的租衣鋪，但是看到櫥窗裡擺著花枝招展到很詭異的衣服，有點擔心。

「您好，我是有預約的潘德拉剛——」

「少爺！我聽米提露娜小姐說只有一位，請問是要替哪位小姐選禮服呢？」

我是第一次來租衣鋪，但老闆娘好像認識我。

「不好意思，計畫有變，能替這兩位小姐選禮服嗎？」

「當然可以啦。」

老闆娘拍胸脯答應。

「迷宮都市流行的禮服，大概像這樣吧？」

老闆娘在櫃檯上擺出一排禮服，看來都很適合潔娜小姐和卡麗娜小姐。

潔娜小姐和卡麗娜小姐認真地挑選禮服。

「漂釀～」

「感覺很公主喲。」

小玉跟波奇平常只想著吃，現在也雙眼炯炯有神，趴在櫃檯邊上。

我看著眾人挑衣服，突然有人從後面拍我。

「主人，久等啦。」

看來亞里沙把碧娜她們帶來了。

碧娜等人向我打過招呼，就去幫卡麗娜小姐選禮服。

「好搶眼的禮服啊。」

「會嗎？在這城市裡，選得太樸素就不起眼嘍？」

亞里沙顯得訝異，老闆娘歪頭表示意見。

迷宮都市有許多喜歡招搖的探索家，結果大家形成一股風潮，喜歡招搖又暴露的衣服。是說迷宮都市的租衣舖，顧客也只有其他領地來的下級貴族，不然就是高階探索家，也就不好多說了。

「潔娜娜，頭痛嗎？」

「這個呢——」

潔娜小姐似乎在煩惱，該選招搖的衣服還是暴露的衣服。

「——是要出席太守夫人的茶會，有沒有比較清純的禮服呢？」

「太守夫人的茶會！」老闆娘驚呼一聲，連忙跑去後面挑衣服。

「有看到喜歡的禮服嗎？」

「呃，我看看，像這套怎麼樣？」

不知道潔娜小姐從哪裡挖出一套比較穩重的禮服，放在胸前比對。

布料感覺有些廉價，不過潔娜小姐本人質感高，意外地還挺合適的。

「小姐，那是女僕穿的喔。」

老闆娘從裡面出來，這麼說了。

難怪布料看來很廉價。

「少爺，您看這套怎麼樣？」

老闆娘說了，把幾套禮服攤在桌上。

感覺都有點老舊，不過也比剛才的禮服好。

「看起來好像老太婆喔。」

亞里沙似乎也有相同感想，口氣很傻眼，然後跟潔娜小姐一起檢視禮服。

「好吧，是真的有點舊了。」

老闆娘也聳肩。

看來老闆娘自己也知道衣服舊了。

「潔娜娜，這件怎麼樣？把高領拆掉，肩膀的老氣蕾絲改成流行款式，應該不錯吧？另外除了袖口，把這個奇怪的反摺袖也該修一修了。」

潔娜小姐一臉為難，亞里沙出口相助。

按照亞里沙的提議，確實跟剛才在王都看到的大小姐禮服差不了多少。

乾脆怒開我的裁縫技能，明天早上之前就做好潔娜小姐跟卡麗娜小姐的禮服也行。

「如果修改這麼多就不是出租，得要買下來了。」

「主人，這也沒關係吧。」

亞里沙問我，我點頭同意。

我看市場行情技能所顯示的價格，買下來也不是多高的價錢。
「士爵大人，這套禮服您看如何？」
碧娜拿了一套禮服給卡麗娜小姐比著，胸前大開，相當撩人。
我不能說出口，但是真的很想看她穿起來的樣子。
「這種的太難為情了。」
卡麗娜小姐想到自己穿上的樣子就害羞，紅著臉忸忸怩怩。
卡麗娜小姐平時的言行舉止都偏幼稚，但是偶爾會表現得很像少女，不容小覷啊。
只要治好她的社交障礙，肯定馬上就找到門當戶對的結婚對象。
「如果是晚會或舞會也就算了，穿這個去茶會有點太煽情了吧。」
貴族舉辦的晚會和舞會等於是結婚聯誼，穿比較大膽的衣服來吸引異性也是可以啦。

「亞里沙，給些試穿跟修改的意見吧。」
「ＯＫ，咦，主人要去哪？」
「我去弄點衣服來。」
「又要用作弊招數了喔。」亞里沙聽我的回答，就白眼嘀咕一聲。
我離開租衣舖，前往最近的客棧訂了間房，在裡面使用「石製結構物」魔法做出潔娜小姐跟卡麗娜小姐的一比一人偶。

臉是不太像，不過體型應該差不多才對。

我用空間魔法「眺望」確認體型確實差不多，就進行下一步。

將我在王都拍下的千金禮服照片播放出來，挑選幾件適合潔娜小姐她們的款式。

「布料呢——就用手邊有的公都翠絹，還有拉拉基產的朱絹吧。」

細膩的翠絹給潔娜小姐用，亮眼的朱絹給一頭亮麗金髮的卡麗娜小姐用，應該不錯。

我可沒有囂張到會用妖精絹或奧利哈鋼纖維布喔。

我使用裁縫技能，不必打版就直接裁剪布料，要是被亞里沙她們看到一定會痛罵我「你這個作弊佬」。

光靠兩隻手要縫紉可辛苦了，所以我用術理魔法的「理力之手」按住布料來縫。

「嗯，差不多是這樣了吧？」

速度比我想像中快很多，才十分鐘左右，就給每人縫了兩件禮服。禮服的基本款式都一樣，只差在裝飾跟暴露程度不同。

我把禮服套在人偶上，從各個角度觀察，比對參考影像確認有什麼差別。

我的刺繡比原本的禮服要簡單點，裝飾寶石也只是用手邊剩的東西，除了這點差別之外應該沒什麼問題。

我將四套禮服裝進萬納背包。

「哎呀？主人，有什麼問題嗎？」

「沒有，我去弄了些衣服過來。」

「真假？」

亞里沙一臉錯愕。

別做那種會害妳嫁不出去的顏藝秀好嗎。

「她們兩個在試穿？」

「對啊，我想應該快出來了。」

亞里沙說到一半，潔娜小姐就出來了。

禮服還沒修改，應該是老氣又樸素，但是潔娜小姐穿上就變得高尚不少，真是神奇。

「這真是好看啊。」

「哪裡……不敢當。」

潔娜小姐很謙虛，但也很開心。

「士爵大人，請您也看看這邊。」

碧娜在卡麗娜小姐的試衣間前待命，整個不服輸，就拉開卡麗娜小姐的試衣間門簾。

——哇喔。

一片美妙的膚色刺激我的視覺。

沒有啦，衣服還是有穿。

但是那溝好深。

「呀啊啊啊啊！」

卡麗娜小姐嚇得尖叫，連話都說不好，連忙摀住胸口蹲下來。

禮服的布料承受不住激烈的動作，發出撕裂聲，原本就塞不下的魔乳也就突破極限——

「小亞里沙鐵壁防衛～！」

——就在走光前一秒，亞里沙擋住我的視線。

有點遺憾，不過還是謝謝亞里沙。

要是正眼看到那個，恐怕「面無表情」技能老師也承受不住了。

我偷偷鬆了口氣，將新作的禮服交給潔娜小姐，以及穿好衣服的卡麗娜小姐。

「這、這些禮服可真棒，不過缺乏搶眼的元素，在迷宮都市裡應該不受歡迎吧。」

除了不甘心的老闆娘之外，大家的反應都還不錯。

兩人各有兩套，也都選了其中比較不暴露的那套。

先不管乳溝好了，至少露個肩膀跟美背沒關係吧？但是兩人都覺得難為情。

「佐藤，如何？」

為了修改要先試穿，卡麗娜小姐先穿好。

「非常好看，果然亮麗的朱絹更能襯托卡麗娜大人的美貌。」

「美、美貌……」

我真心誇獎，結果卡麗娜小姐臉紅到都要冒煙了。

看來卡麗娜小姐長得漂亮，卻不太習慣被人誇獎漂亮。

「……好美啊……佐藤先生果然是……」

順風耳技能聽到了潔娜小姐的呢喃。

我想知道這個「果然」是果然什麼，不過更想知道潔娜小姐穿上禮服的樣子，所以就回頭看。

——我幹得好啊。

好看到我都想誇獎自己了。

「潔娜小姐，很好看喔。清透的翠絹果然適合清純的潔娜小姐。」

「謝謝誇獎，就算是客氣話，我也很開心。」

「不必謙虛了，很惹人憐愛喔。」

我這樣掛保證，潔娜小姐臉紅紅，可愛地嘀咕一聲：「好的。」

嗯，她非常適合這種小舉動。

王公貴族要是看到她這個樣子，肯定排隊來求婚。

「……太、太可愛了……佐藤就是對這女孩……」

順風耳技能又聽到卡麗娜小姐在後面嘀咕。

怎麼卡麗娜小姐跟潔娜小姐的嘀咕方式差不多呢。

或許這兩人挺合得來喔。

「士爵大人，兩位沒挑上的禮服怎麼辦呢？」

「這些我都買下來了，一起請師傅修改吧。」

我這麼回答侍女碧娜的問題。

拿自己帶來的服裝給人修改很沒禮貌，所以我買下卡麗娜小姐沒看上，試穿過的幾套禮服，當作賠罪。

我準備的衣服稍微修改一下就能穿，接著就去買搭配禮服的飾品。

◆

「看我是鄉下來的，想占我便宜啊！」

前往飾品店的路上，發現有個朋友在鍊金術店門口大罵。

「莉莉歐！」

「潔娜跟少年！」

兩人意外碰面，歡喜高喊。潔娜隊的伊歐娜小姐和魯鄔小姐也從鍊金術店裡走出來。

「莉莉歐小姐，叫人家少年沒禮貌，要叫潘德拉剛士爵或者士爵大人。」

伊歐娜小姐嚴肅地教訓莉莉歐。

「啊，對喔，人家可是貴族來著。」

「叫我少年就行了，只是公開場合這樣就不太好。」

「看吧，少年都這麼說了。」

伊歐娜小姐還想說些什麼，但是我自己都答應了，也就不再多說話。

「那怎麼會到鍊金術店來？」

「也沒什——」

「潔娜！糟啦！後天要去迷宮，可是魔法藥不夠啊。」

伊歐娜小姐好心想掩飾，但是莉莉歐才不管，直接說出問題。

「那、那不就糟了嗎！可是，騎士韓斯不是說有找到不錯的盤商嗎？」

「潔娜，問題就在這裡啊。」

「騎士韓斯批來的魔法藥，全都是劣質品啊。」

「負責補給的摩朗德，發現韓斯沒問他就大買特買，還在鬧脾氣呢。」

結果莉莉歐這些士兵只好跑鍊金術店來批貨。

「魔法藥買到了嗎？」

「其實啊——人家要賣我們行情的三倍價呢。」

莉莉歐嘟囔說。

「這就是迷宮都市的行情。最近市面上是有貝利亞的魔法藥，不過除此之外的魔法藥，都比王都貴很多。」

聽我這麼說，潔娜隊的隊員面面相覷，相當為難。

我們討伐「樓層之主」之後在迷宮裡打發時間，探索家公會似乎在這時候先湊齊了貝利亞魔法藥的配方。要是打亂勢力平衡可不好，所以我一得知消息，當天就透過越後屋商會賽利維拉分店的人，把剩下的配方提供給杜卡利準男爵和鍊金術士公會。

其實製造魔法藥需要不少竅門，目前只有少數高強的鍊金術士能夠製作，所以市面上大多是品質低劣的貨色。

菜鳥鍊金術士靠著鍊成廉價魔法藥來討生活，他們要能穩定生產正常品質的貝利亞魔法藥，應該還得花點時間。

「少年，能不能用你的人脈想想辦法？」

「莉莉歐！」

莉莉歐厚臉皮拜託我，潔娜小姐罵她。

伊歐娜小姐也板著臉看莉莉歐，但是人生地不熟，也不知道如何是好。

「我知道了，讓我來幫忙吧。」

我對潔娜隊的隊員這麼說，然後回頭對亞里沙她們說。

「就是這樣，飾品交給亞里沙妳們去挑，可以嗎？」

「受不了，接下來就交給小亞里沙吧。」

亞里沙一口就答應了。

亞里沙依然很有男子氣概啊。

「也麻煩妳找些飾品來搭潔娜小姐的衣服，預算大概是這樣。挑完之後，也選些卡麗娜大人的飾品，和女僕隊的衣服。」

我說了從萬納背包裡拿出幾個裝滿金幣的小袋子，交給亞里沙。

正要跟亞里沙她們道別的時候，卡麗娜小姐拉住我的衣角。

「你要走了是嗎？」

卡麗娜小姐問我，表情像隻被丟掉的小狗。

「佐藤比較重視潔——這位小姐嗎？」

看來她覺得自己被瞧不起了。

「朋友有難，當然要出手相助了。卡麗娜大人看到波奇或小玉有難，也會幫忙的吧？」

說到一半，潔娜小姐跟卡麗娜小姐幾乎同時嘀咕「朋友」二字，但是口氣一高一低。

拜託，我講的重點不在那裡啊。

「我明白了，朋友很重要的。」

卡麗娜小姐看看小玉跟波奇，這麼說了就跟著亞里沙她們前往飾品店。看來朋友在她心目中的份量很重。

「那我們也出發吧。」

「啊，好的，沒錯……」

潔娜小姐回話還低著頭，但是隨即拍了一下臉蛋抬起頭。

「不好意思，佐藤先生我們走吧！」

潔娜小姐恢復平時的笑容，莉莉歐卻道歉說：「對不起啦，潔娜。」

肯定是為了打斷她買東西的私人行程而道歉。

「如果要買便宜的魔法藥，就去探索家公會二樓的藥局，或是可以讓人挖寶的酷茲巷。

老街跟迷宮前的攤販也可以買得到，不過賣的八成是爛貨，沒有物品鑑定技能的話最好不要去。」

伊歐娜小姐她們聽我這番話，決定分頭前往採買。

我跟潔娜小姐去酷茲巷，伊歐娜小姐去貴族街的東探索家公會，魯鄔去西探索家公會，莉莉歐前往迷宮前的攤販。

至於莉莉歐要去的攤販，是我介紹的可靠商家。

「可靠」當然只是場面話，實際上是我剛剛才用地圖搜尋看誰賣的魔法藥還沒有劣化。

這裡當然沒有手機，所以說好一小時之後用潔娜小姐的風魔法「回聲」來聯絡。「回聲」是聖留伯爵領軍的軍用魔法，可以發出簡單的音波，碰到士兵手上的簡易魔法道具就會產生反射波，進行簡單的通訊。

「謝謝士爵大人。」

伊歐娜小姐代表致謝，大家就各自前往目的地。

我也說過，如果還是買不到藥，我會分自己手上的魔法藥給她們。

「這裡就是酷茲巷？」

「對，除了魔法藥之外還賣很多東西。」

我們走在路上，兩旁店家門面又小又亂，而且一樣人山人海。

「怎麼，沒有喔！」

前方的酒舖傳來宏亮吼聲，足以蓋過四周的喧囂。

「要便宜的葡萄酒，這支不錯喝喔？」

「我說我要的是『列瑟烏熱血』啊！」

「不是都一樣？」

「我就說不一樣。沒有貨喔？」

「我這裡沒貨，列瑟烏伯爵領有魔族作亂，貨過不來。你去南北大道的大酒商問問看吧。」

「要是那裡有，我還用來這種地方找嗎？」

「我這種地方對不起你啦？之前貨應該是停在傑茲伯爵領，商人們也不賣到這邊，改賣去艾爾艾特侯爵領了吧？」

酒舖前面好像是老闆跟我認識的探索家在吵架。

「多森大人好啊。」

「喲。少爺啊。」

多森先生舉手打招呼。

「找大爺我啥事？」

「聽說你在找這個東西。」

我說了，透過萬納背包從儲倉裡面拿出一瓶「列瑟烏熱血」。

「喔喔！就這個！多謝少爺幫忙啊，這下就能贏過瑪希露娜啦。」

多森先生接過我手上的葡萄酒瓶，給了我一大筆錢（比這便宜葡萄酒的價格高很多）就意氣風發地走了。

應該是接了迷宮村的委託才會來找吧。

之前路過迷宮村，水舖老闆也說想買來給「藍人」喝，給了老闆一瓶，剛剛那是我手上最後一瓶了。

「對了，潔娜小姐妳們都走哪條路？」

「就是走剛才提到的列瑟烏伯爵領，或者傑茲伯爵領。」

在抵達要去的店舖之前，聊聊潔娜小姐沿路的冒險故事。

「……可真是辛苦啊。」

沿路可說千辛萬苦，尤其在列瑟烏伯爵領碰到中級魔族大軍，那一戰更是生死交關。如果沒有那個叫美都的高強魔法使參戰，就真的危險了。

我覺得中級魔族很好應付，不過實際上好像很危險，可以靠偷襲毀掉一個領都。

話說對上魔族魯達曼的時候，情況也算是危急。之前中級魔族作亂的時候，希嘉八劍的赫密娜小姐跟聖騎士他們在場，還是打得難分難解。

「列瑟烏伯爵領的人民被魔族跟魔物騷擾，相較之下我們就不算太苦了。」

潔娜小姐說得好像不痛不癢，但是應該吃了不少苦。

說到列瑟烏伯爵這個變態領主，不僅對蒂法麗莎性騷擾，還把人家打成犯罪奴隸，但是他領地裡的人民沒有罪。如果有人募款要振興領地，我就多樂捐一點吧。

「我在傑茲伯爵領境內還碰到下級龍呢。」

潔娜小姐微笑著換個話題。

希嘉八劍的「飛龍騎士」托列爾卿挑戰下級龍，可惜敗陣。結果在列瑟烏伯爵領打倒中級魔族的魔法使美都，又降伏了這隻下級龍。

「這個美都是怎麼樣的人呢？」

我有點興趣，就問問看。

「是個漂亮的黑髮女人。看起來好像二十來歲，但是能用魔法在空中製造踏點跳來跳去，又能像王祖大人的傳說一樣，使用各種很厲害的術理魔法呢。」

「好像勇者大人啊。」

這個世界有返老還童藥，前幾代的勇者就算活著也不奇怪。

「——就是啊。」

潔娜小姐聽我這麼說，頓了一下才點頭。

應該是魔法使美都有什麼事情要保密的吧。

未知的強者讓我有點在意，但是聽潔娜小姐說來算是個好人，胡亂打聽也不是我的興趣，就不追問了。

「就是那一家。」

總算到了，我指著要去的鋪子。

「哎呀？少爺？」

「潘德拉剛士爵大人。」

今天真容易碰到熟人啊。

是越後屋商會賽利維拉分店迷宮探索部部長斯密娜大姊，跟分店長波麗娜。

應該是送越後屋商會生產的貝利亞魔法藥來交貨吧。

「有沒有什麼煩惱？」

「沒有，多虧士爵大人幫忙，攤販經營很穩定，探索家學校跟私立養護院也來了很多訂單，幫了我們不少忙。」

波麗娜九十度鞠躬回答。

我以佐藤身分幫的忙，也只是介紹她們去申請擺攤許可，把自己偷偷製造的攤台免費借給她們，還有派露露提供幾道食譜而已。

好像還有叫小玉幫她們畫招牌喔。

「我沒做什麼，別放在心上。」

而且我也要人家幫我不少忙，有來有往啦。

「哪裡的話！士爵大人讓給我們的小番茄和番茄，都在實驗農場裡順利長大，等到能收成了，第一個就送給士爵大人。」

「好，我很期待。」

波麗娜說的實驗農場，就是迷宮都市南外牆的牆外。

為了改善迷宮都市缺乏蔬菜的問題，同時增加越後屋商會賽利維拉分店的收入，才打造了實驗農場。

我用庫羅的外貌建造土牆，圍起廣大的荒地，派魔巨人們耕田，還從魔物的地盤運來腐葉土當肥料。討伐完「樓層之主」之後的待命時間真的太閒了。

番茄跟小番茄是露露她們在大宅菜園裡種的，應該是開始擺攤的時候，透過妮爾分送出去的吧。

根據之前用庫羅身分聽到的消息，作物長得不錯，但是要趕鳥跟地鼠這些害鳥害獸，可就辛苦了。

「波麗娜，不好打擾少爺約會啦。」

大姊拍了波麗娜的肩膀。

「哎呀——真抱歉，我太粗心了。」

我也沒必要特地解釋不是在約會，隨便打個招呼就跟兩人道別。

「佐藤先生在迷宮都市的朋友真多啊。」

「是啊，受過不少人關照。」

潔娜小姐的口氣有點低沉，我歪頭不懂，保守回答。

「感覺佐藤先生好像離我很遠了——」

潔娜小姐喃喃自語，然後突然摀住嘴。

「對、對不起！我竟然胡說八道起來……」

潔娜小姐慌張地搖頭揮手道歉，然後滿臉通紅。

由於剛剛才送貝利亞魔法藥來交貨，我們成功買到必要的數量。

潔娜小姐用風魔法「回聲」報告任務成功，我趁機將貝利亞魔法藥放進「魔法背包」裡。

「——咦？咦咦咦？」

潔娜小姐看到我把幾十罐魔法藥放進「魔法背包」大吃一驚。

「佐藤先生，這難道是『魔法背包』？」

「對，如果是容量小一點的『魔法背包』，迷宮都市也有賣喔。」

潔娜小姐小聲詢問，我隨口這樣回答。

我是不缺魔法道具啦，不過根據掌控魔法道具利益通路的杜卡利準男爵所說，迷宮產的「魔法背包」每年只會從寶箱裡找出十幾個。

通常魔法背包的容量只有背簍大小，而且空間封閉不完整，減重效果也不怎麼樣，但是可以高價賣給商人或從軍的貴族。

以貴族和富商手上的東西來說，珍貴程度大概就像魔劍或祕銀劍。

在穆諾領怨靈堡壘找到的魔法背包，以及艾姆林艦隊船長們手上的大容量高性能魔法背包，則是非常罕見而昂貴。

「原來如此，這在聖留伯爵領很罕見，我有點嚇到了。」

潔娜小姐難為情地笑笑。

聖留伯爵領只會把魔法背包借給遠征軍的運補部隊，其他時候都收在城堡的寶庫裡。

「總之任務是完成了。」

「是。」

潔娜小姐點頭，看著我一陣子，然後別過頭。

我覺得她想問什麼但不敢問。

「潔娜小姐，早餐吃過了嗎？」

「是，啊，不是，我滿腦子都在想邀請函的事情……」

果然沒錯。

但是現在已經過了午餐時間，好的餐廳跟飯館都已經休息，可能沒東西吃。

「不然去攤販買點東西，到公園吃吧。」

我這麼建議，就買了推薦的酥肉餅跟貝利亞水，前往公園。

「想不到對街就有這麼大的公園啊。」

「對，這裡是緊要關頭的避難所之一。」

公園地底有對魔物用的避難坑。

「樹下的長凳還空著，我們去那裡吃吧。」

我拿手帕鋪在長凳上，請潔娜小姐坐下。

「呵呵。」

潔娜小姐微笑起來。

「怎麼了嗎？」

「沒有，覺得有些懷念。」

潔娜小姐看著我，表情就像是說：「還記得嗎？」

「讓人想起妳帶我逛聖留市的時候啊。」

「是的。」

潔娜小姐微笑。

「這裡涼爽又舒服呢。」

潔娜小姐吃完酥肉餅，看著在公園散步裡的人，喃喃自語。

「是啊，很舒服。」

林間傳來鳥兒的歌聲，相當悅耳。

「佐藤先生……」

「是。」

潔娜小姐喊了我的名字，卻支支吾吾。我沒有拋出話題逼她回答，就只是隨口附和，等她整理好想說的話。沐浴在穿透樹葉灑下的陽光中，潔娜看著我。

「佐藤先生在聖留市的時候，就，已經是貴族了嗎？」

「沒有，當時還只是普通百姓。」

原來她想問的就是這個？潔娜小姐聽了我的回答，明顯放鬆不少。

我簡短說明，離開聖留市之後前往穆諾男爵領，幫忙擊退攻打穆諾市的魔物，男爵說我有功，封我一個榮譽士爵的頭銜。

「……然後呢，就是……剛才的那位卡麗娜大人……」

潔娜小姐好像難以啟齒。

「她、她是佐藤先生的，那個，未、未婚妻嗎？」

潔娜小姐雙手握拳，斷斷續續地問我。

「並不是啊。」

「可、可是，貴族千金竟然千里迢迢從領地跑到迷宮都市這麼危險的地方來……」

潔娜小姐可能誤以為卡麗娜小姐是迷上我才追過來。

「卡麗娜大人的目標不是我，是迷宮。她本來就是個活潑的人，一直想到迷宮都市來。今天上午還去探索家學校上課呢。」

不過為了保住卡麗娜小姐的名聲，就不說她已經被逐出校門了。

潔娜小姐看來很狐疑，可能沒想到男爵千金竟然想探索迷宮。

「聽說她從小就夢想當勇者的隨從，應該很想變強吧。」

我想不起來是哪裡聽到的，是穆諾城？還是見過「勇者隨從」琳格蘭蒂小姐之後在公都聽說的？

「這我很懂！」

妳竟然懂喔……

搞不好潔娜小姐跟卡麗娜小姐的興趣也很像。

潔娜小姐解開心結，我們開心地聊了一陣子，在日落之前把魔法藥送到宿舍。

當天晚上我去了迷宮，勘查一下栽培越後屋團隊的地點，然後回到「蔦之館」，通宵打造輔助小玉跟波奇的簡化版複製拉卡。

結果放了太多功能進去，變得跟「蔦之館」的偽核一樣，所以除了基本功能之外都要刪除，同時壓縮魔法迴路。

◆

「歡迎啊，潘德拉剛卿。這位小姑娘幸會了，我是賽利維拉太守亞西念侯爵的妻子，名叫蕾蒂爾。」

隔天中午時分，我領著卡麗娜小姐去參加太守夫人的茶會，一走進交誼廳，太守夫人就來接人。

潔娜小姐在宿舍，由太守夫人從亞西念侯爵家派馬車迎接，所以沒有跟著來。

「——卡麗娜大人。」

卡麗娜小姐整個僵住，我小聲提醒她要打招呼。

「我、我是卡麗娜．穆諾——呃，我是領主雷奧．穆諾的二女，名叫卡麗娜。」

順序有點搞錯，但總算打過招呼。

「卡麗娜大人，請這邊坐。」

卡麗娜小姐緊張得臉都僵了，太守夫人請她入座，我帶她坐上沙發。我則是坐在她旁邊幫忙接話。

卡麗娜小姐家裡的爵位不如太守夫人家，太守夫人是好客，才會尊稱「大人」吧。

「哎呀，這身打扮真是太美了。」

「是王都流行的款式？」

不愧是太守夫人交誼廳的座上賓，一眼就看出她們的衣服是參考什麼。

「這布料是拉拉基的朱絹吧，而且還是沒有流通在市面上的頂級貨色呢。」

不僅茶會主辦人太守夫人，連參加的貴婦們也親切地向卡麗娜小姐搭話。

「朱絹上的刺繡是很美，不過說到上面嵌了這些有如夜空繁星的小寶石，難道就是『天淚滴』？」

「看它閃耀著七彩光芒，小歸小，這麼高的水準可不常見哪。」

「雖然只是男爵，潘德拉剛士爵的主公就是不同凡響，能準備出這樣好的禮服啊。」

貴婦們陶醉地欣賞卡麗娜小姐的禮服。

怕生的卡麗娜小姐一直顯得很不自在。

「而最驚豔的就是這個彫有家徽的紅寶石胸針了。竟然大手筆使用大顆紅寶石來浮雕家徽……穆諾男爵領真是富庶啊。」

大家好像沒有提過卡麗娜小姐的外表，光誇獎服裝跟飾品。

難道這種時候的潛規則，就是不提人的外貌？

卡麗娜小姐完全發揮內建的怕生，面對貴婦們的話題只有簡短回答「是」或「不是」，完全聊不下去。

我盡量接話來維持熱度，但是接到最後變成只我有在聊，傷腦筋。

要治好她的怕生，或許需要一些同年紀的女性朋友吧？

「卡麗娜大人和潘德拉剛卿有婚約嗎？」

服裝跟飾品聊到一個段落，熱愛聊外遇跟揪心八卦的拉波特男爵夫人，笑盈盈地拋出這個話題。

我看卡麗娜小姐不知道該肯定還是否定，就敷衍說：「得要比我更高貴的公子，才配得上卡麗娜大人哪。」

男爵夫人想推薦自己不到三十歲的五男，我趁卡麗娜小姐失言之前，稍微提及五男跟某士爵千金正在交往的八卦，試著轉移話題。

一旁的卡麗娜小姐不開心地瞪我，感覺我好像沒有轉移成功，不過拉波特男爵夫人倒是很開心地聊起我抛出的話題。

「卡麗娜小姐並不討厭潘德拉剛卿吧？」

另一位貴婦又來追問卡麗娜小姐，不懂男女情愛的卡麗娜小姐歪頭回答：「是不討厭啊？」

看她的反應這麼平淡，我想她應該不懂「不討厭」的意思。

現場氣氛變得有些詭異，幸好我事先交給女僕一些小蛋糕和乳酪塔，要她們上點心來緩和氣氛。

——哎呀？

有個侍女走進交誼廳對太守夫人耳語幾句。

太守夫人用扇子半遮著稚氣的笑容，往我這裡看。

我想現在應該準備吃驚了。

其實雷達上顯示潔娜小姐的藍色光點，太守夫人準備的驚喜貴賓就已經穿幫，但我要是拆穿她的驚喜，她的苦心就泡湯了。

「看來還有一位客人，進來吧。」

身穿禮服的潔娜小姐，身邊跟著一位太守夫人的侍女，走進交誼廳。

我試著有點誇張又不太誇張地嚇一跳。

「哎呀哎呀，沉著冷靜的潘德拉剛卿竟然這麼驚慌啊。」

太守夫人笑呵呵，似乎對我的反應很滿意，還胡亂嘀咕一句：「看來這邊才是真命天女喔。」

「小女子名叫潔娜，聖留伯爵家臣馬利安泰魯士爵家人。有幸見到亞西念侯爵夫人尊容，光榮之至。」

潔娜小姐像軍人一樣嚴肅地打招呼。

「哎呀，真是既可愛又威風呢。」

太守夫人看著潔娜小姐，頗有好感。

「難道潔娜大人，才是潘德拉剛卿門當戶對的未婚妻？」

喜歡聊男女情愛的拉波特男爵夫人，立刻就發問。

卡麗娜小姐望向潔娜小姐。

「不、不是的！我、我和佐藤先生，不對，潘德拉剛士爵大人，是、是算朋友，受大人不少關照——」

潔娜小姐開始眼花了。

我就替她接個話吧。

「我先前造訪聖留市的時候，潔娜小姐關照我不少，也是救我同伴性命的大恩人。」

貴婦們聽我的解釋，似乎不太滿意。

「但是潔娜大人應該喜歡潘德拉剛卿吧。」

拉波特男爵夫人這麼問，清純的潔娜小姐滿臉通紅。

「實在青澀啊。」

杜卡利準男爵夫人看著潔娜小姐微笑。

「潔娜大人的禮服，用的可是歐尤果克公爵領的翠絹？正如卡麗娜大人的朱絹，一樣是沒有流通在市場上的頂尖貨色啊。」

「這套禮服和卡麗娜大人的禮服，是出自同一位師傅之手？」

「潔娜大人的鍊墜小歸小，也由同一位加工呀。」

「那麼堅硬的藍寶石竟然能磨成家徽的形狀……」

杜卡利準男爵夫人試著轉移話題，其他貴婦也跟著聊。

「難道這兩件飾品，都是潘德拉剛卿送的禮？」

太守夫人用眼神發問，我點頭。

「對，我請出入家中的商人張羅過來，據說是以魔法加工的東西。」

卡麗娜小姐和潔娜小姐的胸針，是用土魔法「石製結構物」將便宜石子融合變形而成，材料成本超便宜。

「魔法？這應該是開玩笑的吧。」

一位喜歡寶石的貴婦否定我的說法。

「玩笑，是嗎？我記得土魔法裡面有個『石製結構物』可以加工石頭什麼的……」

「潘德拉剛卿果然博學多聞，但還差了那麼一點。」

我連忙道歉，並向貴婦請教是哪裡不足。

「要想靠『石製結構物』加工寶石，只有少數能使用上級魔法的土魔法使才辦得到。而這些魔法使呢，需要驚人的注意力和高超技術，才能在加工中保持寶石的透明度啊。」

「原來如此啊……」

抱歉，我只花幾秒鐘哼著歌就完成了。

「潘德拉剛卿不是土魔法使，也難怪不清楚了。」

「要是去了王都，就拜訪一趟寶石博物館吧。裡面擺著所謂的奇蹟寶石，據說是古代寶石魔法使所創造的呢。」

喔，這就有意思了。

「我必定會去一趟。」我笑著回答那位提供優良觀光資訊的貴婦。

「去王都的住處決定了嗎？要是還沒決定，可以住我們在王都的大宅喔？」

「怎麼能讓夫人這樣費心——」

「呵呵，開玩笑的，要是這麼安排，就傷了穆諾男爵的面子呀。」

太守夫人稚氣地笑著繼續說。

「若是要在王都購置房產，我亞西念家有幾個熟識商號，可以替你寫封推薦信引薦引薦。只要派出快馬，應該趕得上。」

新年期間，王都住宿一房難求，我就感激地收下太守夫人的推薦信。

「對啦，忘了要問，潘德拉剛卿是何時要前往王都？」

「陛下說要特別派飛空艇過來，應該是要搭飛空艇去王都。」

這班特派飛船，本來是要載運討伐了中層「樓層之主」的傑利爾先生團隊，以及他們帶回來的戰利品前往王都，我等於是搭個順風車。

「是這樣嗎？我們計畫要搭月底的定期航班前往王都，這下就晚了你一點。要是在我抵達王都之前碰到什麼麻煩，就找艾瑪幫忙吧。她是有點淘氣，但可靠得很，我會寫封推薦信給你。」

聽說艾瑪．立頓伯爵夫人在王都社交圈和貴族圈之中很有份量，有這樣的靠山實在很放心。

我先道謝，再問問立頓伯爵夫人的喜好和人品，替潔娜小姐和卡麗娜小姐吸砲火。

就這樣撐過一場傷神的茶會與晚餐，勉強避免兩位小姐在太守夫人的社交圈裡澆冷水。太守夫人想藉她們來糗我，但我應該有表現出這帖藥不夠重的樣子，所以她往後應該不會找潔娜小姐她們參加了。

唯一比較和諧的場面，就是聊到勇者傳奇的共同話題，卡麗娜小姐和潔娜小姐聊得很開心。

這在淑女話題之中比較罕見，但是只要聊到勇者傳奇，連怕生的卡麗娜小姐都非常健談。

或許兩人算不上好朋友，但至少是認識了。

真希望潔娜小姐能跟卡麗娜小姐當朋友。

迷宮都市的日常

「我是佐藤。平淡的日子過久了，就忍不住想說會不會發生什麼特別的事情。但是超常的日子過久了，也會懷念起平淡生活。」

「我不想再參加什麼茶會跟餐會了。」

一回到大宅裡，卡麗娜小姐就一屁股坐上客廳的沙發。

「妳是男爵千金，怎麼能疏忽了交際呢？」

「不要就是不要。」

「卡麗娜～？」

「要吐苦水，吐給波奇聽喲。」

小玉跟波奇跑到卡麗娜小姐身邊。

怎麼波奇看起來好像神職人員，準備聽人告解呢？

「貴婦們老是嘲弄我，男人們又盯著我瞧。」

從下午茶接到晚餐，似乎累積的不少壓力。

「給妳甜點～」

「只要吃點甜的就會忘記煩惱喲。就算沒有肉先生很難過，只要吃甜食就會忘記喲。肉先生啊肉先生，油滋滋的烤肉，軟嫩香醇的漢堡老師，簡單又好吃的涮肉，肉先生……」

波奇本來要安慰卡麗娜小姐，但是說到後面只剩下對肉的愛，全泡湯了。

「波奇，口水～？」

「哎呀，慘了喲。」

波奇聽小玉這麼一說，從妖精背包裡拿出漫畫肉圖案的手帕來擦嘴。

之前都直接用手臂來擦的，真是長大啦——

我想著想著，發現波奇開始啃咬手帕上的漫畫肉圖案，一臉落寞。「沒肉吃刑」到明天晚餐就結束了，希望妳撐著點啊。

「明天一定要去迷宮！」

卡麗娜小姐突然起身大喊。

應該是被小玉跟波奇冷落，開始鬧彆扭了。

「不行啊，卡麗娜大人。」

卡麗娜小姐的侍女碧娜連忙勸阻。

「重點是難得這樣精心打扮，要設法迷住士爵大人哪。」

「就是啊就是啊！比方說像這樣把乳溝擠出來！」

碧娜才說完，卡麗娜小姐的新女僕妹就接話。

「靠、靠胸追人太不知羞恥了！」同為卡麗娜小姐女僕的艾莉娜，難得說出合常理的說詞。

我稍稍想像卡麗娜小姐用美色追我的情境。

不小心跟卡麗娜小姐對上眼。

「佐藤好色！」

卡麗娜小姐說了就跑出客廳。

小玉追上去，碧娜她們也急急忙忙跟上。

我覺得有些尷尬，東張西望想敷衍過去，結果發現波奇正抬頭看著我。

「怎麼了？」

「主人色色喲？」

這個問題我還真不知道怎麼回答。

「色色是不好的喲。壞壞。」

波奇這麼說了，恍恍惚惚地去追卡麗娜小姐。

「『沒肉吃刑』對波奇來說太有效了吧。」

「是啊，或許應該提前一點結束——」

亞里沙有點擔心，我這麼回答她，但還沒說完，蜜雅就拉拉我的袖子。

「沒問題。」

蜜雅指著客廳門口。

只見波奇正從門縫裡偷看。

而且一被我發現就迅速縮頭，看來繼續執行是沒問題了。

「波奇沒有演全套啦。」

亞里沙小聲嘀咕。

看來亞里沙認為波奇的「沒肉吃刑」太可憐，才會出這種點子。

亞里沙自己說應該要處罰，但又不敢罰到底，可見情深義重。

當天晚上我來打造答應卡麗娜小姐的裝備，然後一直試錯波奇跟小玉用的拉卡複製品，直到天亮。

連續幾天通宵感覺真的會傷身體，所以天亮的時候我小睡片刻。

◆

太守夫人茶會隔天，我一早就到迷宮門前，替聖劉伯爵領軍迷宮選拔隊，也就是潔娜小姐她們送行。

「佐藤先生，你來給我們送行啊？」

「是啊，也要送妳們這個。」

我從萬納背包裡拿出一個小包包。

「好可愛……啊，佐藤先生，這該不會是！」

潔娜小姐很吃驚，我點頭。

剛才給她的小包包正是一種「魔法背包」。

去南洋旅行的時候得到幾種魔法背包，這是其中一種，從小容量背包改造而來，應該沒問題吧。

「裡面放的是魔法藥，外來的衝擊力不會影響到裡面，不必擔心探索途中撞破了藥瓶，很方便的。」

「是很方便沒錯──」

裡面裝了中級魔力回復藥跟體力回復藥各五瓶，龍白石製的萬能解毒藥五瓶，還有麻痺解藥跟大量的摻水魔法藥兩種。

順便還放了一瓶迷宮產萬能藥，畢竟沒人知道迷宮裡會發生什麼事啊。

「部隊有準備魔法藥，這些或許用不上，但若是不夠了，請別客氣拿出來用。」

潔娜小姐看到這麼多中級魔法藥，目瞪口呆。

瓶身標籤有寫功能跟注意事項，我請她等等先看過。

「可是，我不能收這麼昂貴的東西。」

「潔娜小姐，沒用到的話還回去就好了。」

潔娜小姐很客氣，一旁的伊歐娜小姐代為收下，這就不必繼續推拖了。

「先前沒能帶妳好好逛迷宮都市啊。」

「抱歉，都是我的錯——」

我並不是要責怪潔娜小姐，就先打斷她的道歉。

「我是說，等潔娜小姐從迷宮回來，再讓我帶路逛逛吧。」

潔娜小姐聽我這麼說就露出笑容。

「回來之後帶妳去一間很棒的餐廳，敬請期待喔。」

「——好的。」

潔娜小姐回答起來的表情像個戀愛中的少女，其他看這邊的人似乎覺得甜到要蛀牙了。

我說的話完全沒有追求潔娜小姐的意思，但是旁人看來很可能是這樣。

下次約人要多想想了。

「潔娜，差不多該出發嘍。」

莉莉歐這麼說，指了指後面。

看過去，只見身穿銀色金屬板甲的探索家集團「銀光」團員走過來，後面跟著穿鎖子甲的團員。

這個探索家集團的特色，就是不穿戴以魔物材料製造的裝備，而且成員都是女貴族。人數不僅多，還有將近三成是赤鐵探索家。

「全員到齊沒有？跟我們同行的『銀光』人員到了，我們出發！」

看似隊長的年輕騎士發號施令，潔娜小姐的同伴們扛起行李，前往西門。

「佐藤先生，那我們走了。」

「一路順風啊，潔娜小姐，小心別受傷了。」

我想陪著一起去，不過人家去迷宮是要進行軍事訓練，要是外人跟去會弄壞潔娜小姐的名聲，所以我自重了。

同行的「銀光」團員都是老手，而且應該沒有要攻略什麼危險場所吧。

「是，我的運氣算好，沒問題。」

潔娜小姐，請不要立這種旗標啊。

我目送潔娜小姐走出西門，心裡不禁吐槽。

忘了問她們什麼時候回來，但是第一次攻略，不可能待上好幾天，我打算在前往王都之前，每天都在餐廳訂位。

要是沒辦法去吃，就讓卡吉羅先生或者米提露娜小姐他們去，算是慰勞平日的辛勞吧。

——這麼說來。

「回來之後帶妳去一間很棒的餐廳。」這話也是明顯到不行的死亡旗標啊。

或許我是杞人憂天，不過有空還是用空間魔法「眺望」來確認大家的安全吧。

◆

「我回來了。」

「肥來啦～」

「主人回來了喲！」

我送完潔娜小姐回大宅，發現小玉、波奇跟卡麗娜小姐正在玩特殊規則的黑白配。

房間裡的武裝女僕只剩艾莉娜一人，碧娜跟新人妹不在。

「佐藤回來啦。」

卡麗娜小姐玩輸小玉，消沉地向我打招呼。

「卡麗娜好弱～？」

「這樣是不行的喲！要好好看波奇我們怎麼對決！」

小玉跟波奇開始玩「黑白配」。

兩人都能即時反應手指動作，所以我們家玩「黑白配」的規矩，就是眼睛看不清手指動作便算輸。

「佐藤，我好閒啊。」

卡麗娜小姐的眼睛很快就追不上兩個小朋友的手指，不開心地說自己閒。

「那要不要跟小玉、波奇她們一起去迷宮，收成『跳跳薯』跟『步行豆』？」

「我想去看看！」

卡麗娜小姐倏然起身，十分激動。

今天的卡麗娜小姐身穿寬鬆的罩衫，是在成衣店買來的，這一站胸前激烈彈跳，實在養眼。

說到這個薯跟豆，是給私立養護院小朋友練習加工的材料，也是今晚的食材。

「新的防具送到廂房了，請先去換裝吧。」

「明白，艾莉娜來幫我。」

「遵命！」

意氣風發的卡麗娜小姐帶著艾莉娜離開房間。

在卡麗娜小姐回來之前，波奇跟小玉繼續加速玩著「黑白配」，最後快到常人連殘影都看不見。

「武器還是輕巧版的大劍比較好！」

我們在探索家學校附設的兵器庫，卡麗娜小姐挑了用戰螳螂鐮刀手所打造的大劍。

體積大但重量輕，劍身厚實又堅固，適合練習使用。

要跟卡麗娜小姐一起前往迷宮護衛的護衛女僕艾莉娜和新人妹，一臉就很想要新武器，所以我送她們用護衛蟻刀臂所打造的劍。

侍女碧娜不像護衛女僕那麼會打架，所以留守。

「拉卡，小心別讓卡麗娜大人在街上揮劍啊。」

『遵命。』

卡麗娜小姐比波奇還粗心，所以要拜託她穿戴的「具有智慧的魔法道具」拉卡。

平常我這麼做，卡麗娜小姐會抱怨，但現在似乎沒什麼不滿。

「主人，卡麗娜大人要練功了嗎？」

離開探索家學校，繞著迷宮都市外圍跑步的莉薩剛好回來，就碰上了。

「也不算練功啦，就是委託一個小任務而已。」

我跟莉薩聊著聊著，準備齊全的小玉跟波奇從大宅裡跑出來。

其實要去的地方不危險，所以小玉跟波奇的準備只有簡單裝備跟背簍。

「好，我們出發！」

「系～」

「遵命喲！」

卡麗娜小姐高呼一聲，小玉跟平常一樣悠哉回話，但是波奇的嗓門比平時還大。

看她最近口氣都比較衝，感覺有點自暴自棄。

這是戒肉造成的壓力嗎？

看來之前想的沒錯，以後還是別用「沒肉吃刑」了。

「今天晚餐就是豪華肉全餐了，要加油喔。」

「嘎啊！加油喲！」

波奇雙眼再次炯炯有神，握緊雙拳給自己打氣。

「全餐～？」

「對呀，有冷盤，烤牛肉三吃、涮肉、炸雞、手扒雞、牛肉濃湯、還有絕對不能忘的超～厚牛排。另外還有傳統日式、西式等七種風味的漢堡排，中場休息用的蝦子跟螃蟹，最後用壽喜燒收尾喔。」

我說起菜單，波奇愈聽，尾巴搖得愈快。

「啊啊……太期待了，都快發狂了喲。」

「好興奮～」

「真是太棒了，我們今天要好好迎戰挑戰者們，才能空出肚子多吃一點喔。」

不只波奇難以形容有多開心，跟小玉一起轉圈圈，連跟著我送三人出發的莉薩也很期待豪華肉全餐，尾巴猛敲地板。

有那麼喜歡肉喔。

「加油啊。」我對鬥志高昂的獸娘們揮手道別。

被卡麗娜小姐拖下水的兩位護衛女僕有點可憐，所以我說要請她們一起吃豪華肉全餐，幫她們加油打氣。

◆

送卡麗娜小姐她們離開，回程路上去一趟養護院，發現蜜雅正在中庭教孩子們樂器。

蜜雅的音樂吸引小鳥停在她的頭上和肩上，陶醉得瞇起眼。

「哎呀，多麼精妙的曲子。」

「演奏樂器的蜜雅大人，真是該畫成一幅畫。」

「那我就替她寫詩吧。」

之前看過的妖精族男孩女孩，崇拜地包圍著蜜雅。蜜雅聽他們誇獎，只是不以為意地說

「喔」。

感覺她教小朋友樂器還比較開心。

「佐藤。」

「蜜雅啊，在教小朋友演奏樂器？」

「嗯。」

因為蜜雅他們發現我了，我便走過去。

「樂器。」

蜜雅說了看看孩子們。

「妳想要樂器給孩子們練習？」

「對。」

蜜雅點頭，我答應她會去張羅樂器。

之後請米提露娜小姐安排吧。

「嗯，沒錯，刀拿直一點，這樣比較省力。」

蜜雅附近有一群老人家，正在教小朋友木工跟木雕。

他們常常來參加蜜雅的池畔音樂會，是一群退隱工匠。

「各位好啊。」

「怎麼，是少爺啊。」

「謝謝各位肯賞這個光。」

「嘿，不用道謝啦。」

「算是演奏會的回禮吧。」

「蜜雅大人開口，我怎麼能回絕呢？」

為了增加小朋友未來的出路，我請蜜雅找來這些老人家舉辦職業訓練，或者說是開個假日木工教室吧。

他們都是來做義工，我打算等等送些好酒跟點心道謝。

木工教室的那一頭，則是露露開的烹飪教室。

「搞清楚菜刀怎麼用了嗎？接下來要教你們怎麼切『跳跳薯』喔。」

露露跟大宅廚房裡的女僕，一起教小朋友怎麼切剖烹調跳跳薯。

學生大多是女生，但竟然也有小男生。

小朋友們都很認真。

「主人！」

露露大致剖完跳跳薯，發現我來了，對我露出耀眼的笑容。

「烹飪教室有缺什麼東西嗎？」

「沒關係，不用擔心。」

我這麼問過露露，要誇獎這些認真上課學做菜的小朋友，結果——

「我長大要當露露大人這樣的廚師！」

「我要擺攤賺錢，目標是開店面！」

大家都開始說起未來的夢想。

年紀輕輕就已經立定志向，真是可靠啊。

「娜娜——」

「妳說幼生體啦～」

「娜娜，玩積木。」

離開露露她們，走進養護院，發現娜娜在公共區被幼生體包圍戲弄。

她面無表情，但感覺十分開心，我不想打擾她們，就悄悄通過走廊。

娜娜她們遊玩的公共區，角落好像有人在排隊。

應該是排隊要對電風扇——也就是對我之前送的手工冷風電風扇型魔法道具，灌輸魔力。

「耶嘿嘿，換我了。」

小朋友們開心地灌注魔力。

現在好像流行讓風扇變速旋轉，就像智慧電風扇一樣。

這種玩法是多次對電風扇灌注魔力，所以最近好像有小朋友學會魔力操作技能了。

魔力操作技能有很多用處，我希望有更多小朋友學會技能，所以養護院跟探索家學校要追加方便灌注魔力的木劍或發光魔法道具等等。

「山羊！」

走廊邊有小朋友拿長凳當桌子，玩起學習圖卡。

「不對啦～這是『山羊的肉』啦！」

「為什麼！這是山羊沒錯吧！」

「可是可是，小玉跟波奇都說是『山羊的肉』喔？」

看起來很溫馨，但教壞小朋友也說不過去，所以我訂正他們說「山羊」才對。

誤信波奇跟小玉的小朋友淚眼汪汪，我拜託他們下次看到波奇或小玉，記得要轉達她們錯了。

玩學習圖卡的小朋友附近，有個比較大的孩子正在唸故事書給較小的孩子聽，口齒不太清楚就是了。

看來養護院的識字率正順利提升。

「拿來！我要看！」

「不要啦～人家還在看！」

我聽到小朋友吵架，往門裡看去，發現一群比較大的孩子正在養護院圖書室裡搶一本書。

「快住手！」

熟悉的聲音出面制止，是亞里沙。

「說好每個人只看半小時吧。哈姆娜把書給拉林。」

「好——」

「好棒，謝謝亞里沙。」

拉林男孩接過書的時候，我看到封面。

那是亞里沙跟蜜雅一起寫的兒童用入門魔法書。

就好像現代日本書店常常看到的《兩星期學會試算表》這種商業書，每一頁的字數比較少，加入插圖方便讀者理解。

理論和原理只用附註欄註明參考出處，主要目標是教人學會魔法，是實作至上的一本書。

孩子們發現我，紛紛大喊：「是少爺！」

「哎呀，主人啊。」

亞里沙對我招手，我就去圖書室裡打擾了。

「主人哪，這本入門書可以量產嗎？」

「我想可以做手抄本吧。」

我覺得可以設計出印刷魔法，但是之前狗頭那件事讓我發現「有神明禁止活版印刷」所以這陣子不打算這麼做。

「可是請人做手抄本，不就會被複寫外流了嗎？」

這個世界基本上只能靠手抄來複寫書本，所以各國基本上都沒有著作權的概念啦。

「那把插圖外包出去好了，反正只有圖也看不懂什麼。」

如果只抄字，靠平行思考搭配「理力之手」，要做手抄本太容易了。

插圖不是不能照畫，但是就比寫字更麻煩，所以我不想自己畫。

「我就委託插畫工坊畫插畫吧。妳們大概要幾本？」

「謝謝主人，我想有十本就夠了，但是又想放在探索家學校裡，所以能多做一點，來個二十本嗎？」

十本跟二十本差不多，我一口答應亞里沙的要求。

「亞里沙，我們來練習詠唱啦。」

「我也要！」

「啊，人家也要！」

亞里沙跟我聊完，就被小朋友包圍了。

「在這裡練習會打擾到讀書的人，我們去外面練。主人要一起來嗎？」

難得人家找我，我就跟小朋友一起練習詠唱。

自然而然，就答應明天開始跟小朋友一起參加早晚的練習了。

「哈嗚嗚，太幸福了好恐怖喲。」

當天晚上波奇她們從迷宮回來，我依約讓她們享受豪華肉全餐。

「吃飽飽～吃飽飽～？」

「無上的幸福。」

小玉跟莉薩這幾天替波奇著想，肉吃得比較少，現在也終於大飽口福。

三人的肚皮吃得像漫畫一樣圓滾滾，躺在客廳地板的抱枕堆裡。

那臉蛋真是幸福到都融化了。

我跟蜜雅第一輪就下場，獸娘們則是跟肉大餐搏鬥到最後。

「好吃歸好吃，一餐也吃不完啊。」

「嗯。」

亞里沙還有臉講別人，自己都吃到第三輪，還呻吟說「吃太多要死了」才拿胃藥來吃。

「好幸福啊～」

「炸雞最棒了。」

福。

「我要廢了……」

卡麗娜小姐跟護衛女僕艾莉娜、新人妹，整個癱軟在沙發上，表情就像獸娘們一樣幸福。

侍女碧娜倒是教訓艾莉娜跟新人妹說：「妳們考慮一下自己的身分吧。」

娜娜跟露露吃飽之後，將「做太多」的肉大餐拿去分給養護院和探索家學校。

「主人今天難得吃這麼多啊。」

「是啊。」

我同意亞里沙的說法。

看波奇她們吃肉吃得那麼幸福，我也不小心吃過頭了。

我暗暗發誓，就算以後出了問題要處罰，也千萬不能罰不准吃東西。

畢竟大家一起吃飯才好吃啊。

當天晚上吃得太撐，把拉卡複製品試錯到一個程度之後就睡了。

我已經挑選好魔法迴路，結果發現靠我的實驗裝置，以及「蔦之館」的設備，就算做到最小還是不方便攜帶。

是要拜託波爾艾南森林的精靈們？還是採用露露加速砲的方法，把大型裝置放進亞空間裡？這就傷腦筋了。

◆

「大家都挺努力的喔。」

隔天早上，我送卡麗娜小姐跟波奇兩群人前往迷宮第一區練功，回程去發包亞里沙想要的入門書插圖，然後來到探索家學校門前。

第二屆、第三屆的學生，以及蓋利茲他們的貴族子弟班，在操場上汗流浹背地鍛鍊。

——哎呀？

去畢業實習的第一屆學生，從馬路對面回來了。

比計畫中早一點，但是看小朋友臉上滿滿的成就感，應該是完成畢業實習了。

「「「少爺！」」」

第一屆學生看到我就跑過來。

「我們成功啦！完成課題啦！」

烏沙沙得意地向我報告。

我誇獎他們之後說，中午要舉行畢業典禮，快去洗個澡。

我用空間魔法「遠話」告訴同伴要舉行畢業典禮，請米提露娜小姐她們準備畢業生的慶祝會。

決定得這麼倉促，我看慶祝會的飯菜大多要從餐館或飯店叫外賣了。

現在幾乎所有人員都聚集在探索家學校的操場上。

新人妹跟艾莉娜跟著卡麗娜小姐去探索迷宮，回來的時候面無血色，我讓她們回大宅去。

聽說她們不斷跟達米哥布林交戰，打到喃喃自語說「我不要再打哥布林了」「岩石後面，天花板縫隙，到處都會冒出來啊！」之類的話。

卡麗娜小姐有拉卡護身，兩位女僕什麼都沒有，肯定很辛苦吧。

「主人，我來晚了。」

最後回來的莉薩拿出一袋滿滿的錢幣，說是今天的戰利品。

「今天豐收喔。」

「是，因為今天有知名武師們從王都過來。」

「畢業典禮結束之後，再聽聽妳怎麼打的。」

「是，主人！」

我先收下錢幣，換成金幣之後「打賞」給莉薩。

如果不經過我這手，就讓莉薩收去，也太不體面了。

「主人，同學們排隊排好了。」

亞里沙來叫我，我就走上操場前方的講台。

「恭喜各位同學畢業——」

要是我太多話，大家會想睡覺，所以我只誇獎大家在探索家學校努力學習，並提醒大家往後的第一要務是活著回來。

我說完之後，探索家學校的校長、卡吉羅先生、亞里沙接著致詞，最後頒發物品代替畢業證書。

「——那就頒發斗篷當作畢業證明。」

我逐一唱出畢業生的名字，替大家披上藍色斗篷。

這件斗篷的材料，是抗衝撞的許德拉皮膜，以及抗刀刃的飛龍皮，我想應該可以用到等級四十沒問題。

斗篷上印了我的家徽，圖案做了一點修改。

「這跟潘德拉剛的家徽不太一樣啊。」

米提雅公主看了畢業生斗篷上的徽章這麼說。

這徽章是亞里沙修改的。用線條描繪出一隻肥嘟嘟的龍布偶攤腿坐著，肩上扛著跟長槍很像的筆。

「我改得比較可愛一點，有『筆龍』的感覺吧。（註：潘德拉剛英文發音近似pen dragon）」

亞里沙的說詞很快在同學間傳開，畢業生們也得意洋洋地互喊「筆龍」。

當時這只是探索家學校畢業生的通稱，我沒想到後來會傳遍整個迷宮都市。

接下來舉辦簡單慶祝會，享用氣泡果汁跟派對餐點，然後解散。

畢業生跟負責教官，之後好像要去鬧區開畢業派對。

我也有受邀，打算等等露個面。

「「「少爺！」」」

一走出探索家學校，就被養護院的小朋友們喊住。

小朋友們剛才就在探索家學校的樹籬外面，旁觀畢業典禮進行。

「我也想進探索家學校！」

「我也要！」

「我還會耍劍喔！」

小朋友們接連拜託要進探索家學校。

我想他們有認真想就讀，敷衍說「等你們長大一點」就太可憐了。

「我知道你們想就讀，但是沒辦法馬上入學啊。能收的學生人數有限呢。」

「對啊對啊，你們得先通過選拔考試，不然一進迷宮就死掉了。」

小朋友們聽我跟亞里沙這麼說，不甘心地嘀咕：「明明連亞里沙都行啊。」

我想是因為我家女孩們常常陪著小朋友，小朋友才誤以為「亞里沙她們都能當探索家，那我也行」。

「我沒要你們放棄夢想喔？」

我拍拍小朋友們的頭。

「少爺？」

「我剛才不是說了？『沒辦法馬上入學』但是過陣子就會去聘老師了。」

我這麼一說，小朋友們都開心地笑了。

「過陣子是多久？明天嗎？」小朋友就是喜歡這樣追問。「過陣子就是過陣子呀。」我一邊打馬虎眼，一邊盤算該怎麼執行。

或許供餐的時候，問一下看起來比較閒的退休探索家或退役士兵，看有沒有人想教小朋友防身術，還有基礎鍛鍊。

當天晚上替畢業生慶祝之後，女子組就交給伊魯娜教官她們帶開，男子組由我領軍，去逛那些有漂亮姊姊的酒店酒家。不同種族開的酒家都不一樣，真有意思。

「好吧——」

一時控制不住，邊逛邊喝，天都快亮了，我才跑到迷宮上層深處的荒涼區來。

我說荒涼區，不只是針對探索家而已。

這裡幾乎連魔物都沒有，所以稱呼荒涼區。

我想在這裡打造一套設施，讓越後屋商會的幹部們搞力量式升級。

「先做點魔物養殖牢籠吧。」

我用土魔法「陷阱」，在地上挖出等間隔的大洞，每個洞深十公尺，直徑十公尺左右。

大概挖了三十個大洞之後，用土魔法「土壁」將洞內的牆面挖成倒斜面，而且磨得光滑平整。

「再來是蓋子。」

用金屬做柵欄蓋住洞口有點麻煩，所以我從儲倉裡拿出大岩石，手掌產生魔刃，切成大概一公尺厚的石板。

最後用土魔法「石製結構物」將石板壓縮成三分之一厚度，提高強度。

「應該要有個確認用的窗口吧？」

我在石板蓋上挖了三個人孔大小的洞，然後製造水晶板，融合在洞口。

同時在水晶窗上追加聖碑魔法迴路。

「累了……」

再加把勁吧。

最後把儲倉裡完全用不到的魔物屍體庫存丟進大洞，每個大洞丟幾隻從迷宮中層抓來的迷宮鼠跟迷宮蟑螂。

接下來只要放置三個月，應該就會繁殖不少，可以拿來力量式升級了。

要是自相殘殺減少數量可不好，我得每隔幾天就用空間魔法「眺望」確認看看。

我憋了一個呵欠，用歸還轉移回到地表上的大宅。

◆

「今天我想去獵蛙，炸蛙肉很好吃喔！」

卡麗娜小姐精神飽滿的喊聲，讓我這個熬完通宵的腦袋有點痛。

吃完早餐，我在辦公室檢查今天的計畫，結果卡麗娜小姐闖進辦公室大喊。

「讚喔～」

「這真是非常非常好的點子喲。」

小玉跟波奇跟在卡麗娜小姐後面，雙眼閃亮亮，希望我能批准。

只要有拉卡在，區區的青蛙應該不會讓卡麗娜小姐受重傷吧——

「青蛙不行。」

要是我准了，卡麗娜小姐八成會被拖進水池裡，衣服濕了就又貼又透。

迷宮裡還有其他粗俗的探索家，怎麼能讓黃花大閨女出這種洋相呢？

當然我個人是非常想看啦。

「如果要打獵，去第四區域前面的迷宮蟻地帶吧。」

迷宮蟻的外殼比較軟，特殊攻擊也只有吐蟻酸。迷宮蟻的蟻酸可以融化皮膚與皮甲，但是拉卡應該能輕鬆擋下。

「蟻蜜狂吃～？」

「蟻巢裡面有好多好甜～的蜜球喔！」

小玉跟波奇笑得臉都垮了，捧著臉蛋扭來扭去。

卡麗娜小姐也很期待，但是我要禁止。

「妳們兩個，不可以跑進迷宮蟻巢喔。」

「不～」

「不行喲？」

「要是卡麗娜小姐被帶進迷宮蟻巢深處，那就危險了，不准。」

就算有拉卡護身，在蟻巢裡對付大量迷宮蟻，卡麗娜小姐的體力跟魔力還是撐不住。

「至少要升到二十級才准妳們去。」

「真是遙不可及啊……」

才等級九的卡麗娜小姐垂頭喪氣。

「卡麗娜加油～？」

「就是說喲！用前進一步退兩步的精神往前進喲。」

波奇，妳說錯了。這應該是亞里沙教唱的老歌歌詞，像這樣唱錯的話，永遠沒辦法前進啊。

「我懂了，我會一步一腳印去拚！」

卡麗娜小姐振作起來也就好了。

「佐藤大人，我準備了卡麗娜大人的探索服裝，您認為哪一套才好？」

卡麗娜小姐的侍女碧娜，以及兩名護衛女僕，換了異常暴露的探索家服裝過來。看她們穿起來胸前都空蕩蕩，或許都是卡麗娜的衣服？

「碧娜！我不是說這麼丟臉的衣服我不穿嗎！」

卡麗娜小姐氣得一頭蛋捲頭都亂了。

以前的動畫跟遊戲人物都穿這種服裝，但是穿著走上街，應該兩三下就羞死了。

迷宮裡有些地方特別冷，所以我替卡麗娜小姐說話，別穿太暴露的衣服。

「明白了，但是大人難道不想看看卡麗娜大人穿這種衣服嗎？」

碧娜最後臉微紅地問我，看來她也覺得很害羞。

我當然想看性感尤物卡麗娜小姐的情色打扮啦。

但是才這麼想，鐵壁搭檔蜜雅跟亞里沙就開門闖了進來。

「有罪。」

「不知羞恥雷達嗶嗶叫，我就來了！這次竟然逼女僕穿得鬆垮垮，自己看得笑呵呵！我不是一直說想這樣玩的話，就找小亞里沙啊！」

亞里沙氣得就要解開扣子，蜜雅敲了她的腦袋瓜。

「冷靜。」

「可是～」

「誤會啦，碧娜她們來展示卡麗娜大人的新服裝，我說這不適合穿去迷宮，所以剛剛才拒絕呢。」

亞里沙看看其他人，卡麗娜小姐跟碧娜都點頭，這才相信我的解釋。

「退場。」

「主人一時衝動就糟了，碧娜小姐妳們也去換衣服吧。」

蜜雅跟亞里沙催碧娜她們離開辦公室。

「我就說卡麗娜小姐迷人的地方不是直接露，是破綻百出的走光啊。」

我用順風耳技能偷聽到新人妹對碧娜跟艾莉娜這麼說。

兩個護衛女僕休息一晚，整個精神都來了。應該因為是昨天打獵打到的魔核拿去賣，有收到自己那一份報酬吧。

「今天要獵得比昨天更多！」

卡麗娜小姐做好前往迷宮的準備，意氣風發。

「耶耶～」

「喔的喲！」

小玉跟波奇大聲么喝，配合喊聲擺出字母ＡＡＯ的動作，真是可愛。

記得在以前的少女漫畫裡看過這種諧音哏喔。

「我也要試試看！」

——喔喔。

小玉跟波奇擺起ＡＡＯ姿勢很可愛，性感尤物卡麗娜小姐擺起來則是十分煽情。第一個彎腰的Ａ還算普通，第二個Ａ要抬腿挺胸，第三個Ｏ還要下腰，只見雙峰像在耍特技一樣熱舞，太糟糕了。

「我就說吧，破綻百出才是卡麗娜大人的魅力啊。」

「唔唔，就算妳說得對，那個囂張樣看了還是很火大！」

新人妹跟艾莉娜跟在卡麗娜小姐後面這麼說。

「少爺！今天要去迷宮啊？」

「妮爾小姐好，我只是來送行的。」

妮爾把攤販推給新人管，自己跑出來。

「最近都沒看到那個貴族小哥，是生了什麼病嗎？」

「妳是指魯拉姆閣下？」

「對啊！」

我隨便說個名字，妮爾高興得很誇張。

太守三子的跟班之一魯拉姆，是妮爾攤上的常客，每天都去光顧，應該就熟了吧。

「他跟朋友一起在探索家學校用功學習啊。」

「這樣啊，如果這陣子小哥不來，我最好別準備特別菜色了。材料費可不便宜啊。」

我好像感覺有愛，或許是誤會了。

「士爵大人，差不多該出發了。」

艾莉娜來通知我。

「這位也是少爺手下的人？」

「這個人是怎樣？不要學我喔。」

這麼一說，我才覺得妮爾跟艾莉娜口氣有點像。

「好了好了，別吵架。」

我拍拍手打圓場，兩人立刻住口。

不只口氣像，連脾氣也像，有機會應該很快就會混熟了。

我推著艾莉娜的背前往西門，然後目送卡麗娜小姐一行進入迷宮。

◆

「這次的四支卷軸呢，是繁茂迷宮產的《櫻吹雪》《割草》《捲草》《綁人草》，而這個費用呢——」

這次有鼬人族商人拿卷軸來賣，而且每支卷軸要價十枚金幣。

「沒關係。」

卷軸保管在西公會，我直接付錢收下。

「系統目前不清楚，要委託公會鑑定嗎？」

「不必鑑定了，我只是當興趣在收集。」

AR顯示《櫻吹雪》跟《割草》是術理魔法，《捲草》跟《綁人草》是土魔法。

「對方留言還有兩支卷軸想給您看看，新年之前都會停留在王都，如果緊急的話，我告訴您聯絡方式。」

不知道為什麼要跟這四支卷軸分開賣，反正我有興趣是什麼卷軸，就請公會告訴我聯絡方式。

剛好我新年期間也在王都，真巧。

離開西公會的時候碰到一群人，身上的金屬盔甲千瘡百孔。

這應該是貴族或騎士組成的隊伍吧。這些鎖子甲跟金屬板甲非常昂貴，迷宮都市的探索家不太會穿在身上。

而且氣氛好像挺肅殺的。

是發生什麼慘案了嗎？

「少年！」

喔，莉莉歐在裡面。

所以這群人就是聖留市的迷宮選拔隊啊。

沒看到潔娜小姐的標誌，所以沒發現。

——嗯？她不在？

莉莉歐跑向我。

「潔娜，潔娜她！」

莉莉歐無助地抓著我大喊，讓我肯定了剛才的疑慮。

遇難

「我是佐藤。說到遇難，一般會想到海難或山難，幸好我沒有遇難經驗，但是曾經看過文章，很驚訝救難費用竟然那麼貴。果然是安全第一啊。」

「莉莉歐小姐，請冷靜，潔娜小姐怎麼了嗎？」

莉莉歐死命地抓住我的手，我問她之後打開地圖，不靠搜尋欄來搜尋，而是用標誌清單選擇潔娜小姐。

現在位置是——迷宮下層？

怎麼會在那種地方……

「潔娜在迷宮裡失蹤了啦！」

「潔娜小姐失蹤了？」

我邊跟莉莉歐說話邊操作地圖，確認潔娜小姐的詳細狀態。

ＡＲ顯示出昏倒狀態，我有些著急，但是體力計量表沒有減少，應該沒有受重傷，也沒

有陷入中毒或石化等危險狀態。

但是精力計量表趨近於零，魔力計量表也所剩不多，不能太樂觀。

「潔娜被魔物抓走啦！少年人面很廣對吧？拜託去找潔娜啊！」

莉莉歐拚命懇求。

淚珠撲簌簌地滑下臉頰。

潔娜小姐目前沒事，但不保證能撐多久，盡快行動吧。

「我懂了，我這就去找人。」

「請等等。」

一旁的伊歐娜小姐抓住我的肩膀。

她的胸甲和肩甲都壞了，露出肩膀來。

「怎麼了？」

我想快點去救人啊。

「你不知道她在哪裡失蹤，也沒問失蹤經過，要去哪裡找？」

「這個……」

糟糕，太急了，有點不自然是吧。

我需要一點藉口，詐術技能啊，讓我看看你的真本事吧。

「我會去找人。我認識有人擅長探索系的魔法，打算請來幫忙。狀況等等再請教妳們，請先去公會裡的神殿分部療傷吧。」

「我知道了，潔娜小姐是先受了重傷，然後被一團像黑霧的魔物給抓走，請找些能療傷的探索家吧。」

——受重傷？

從地圖來看，一點傷也沒有啊？

另外她說「被一團像黑霧的魔物給抓走」，我也想不到是怎麼樣的魔物。

喔，有問題之後再問。

我接受莉莉歐她們的請託，離開公會。

『亞里沙，有事要麻煩妳——』

我邊跑邊用空間魔法「遠話」聯絡亞里沙。

『能不能幫我召集同伴，準備進迷宮？』

『ＯＫ——』

啥都沒問就答應，不愧是亞里沙，男子漢風範。

我對亞里沙說聲「潔娜小姐失蹤」要她組成假救護隊。

然後在暗巷裡穿上透明斗篷，用空間魔法「歸還轉移」前往迷宮上層的第一區域。

我打開地圖，看看有什麼最短路徑可以通往迷宮下層潔娜小姐的所在地。

「——怎麼搞的？」

根據地圖顯示，潔娜小姐的所在地竟然是迷宮下層的「地面之下」。

「難道是空白地帶？」

我想起庫哈諾伯爵領也有空白地帶。

但是那裡聚集了不受庫哈諾伯爵管制的精靈跟魔物——

「這等之後再考究吧。」

這次我要用空間魔法「眺望」去觀察潔娜小姐的標誌。

「——失敗了？」

「眺望」竟然無法發動，第一次碰到這種事。

難道有什麼反空間魔法的結界嗎？

這麼一想，抓走潔娜小姐的傢伙應該很棘手。

「盡快去找潔娜小姐吧。」

我將目標設定在潔娜小姐所在地的隔壁區域。

捲動迷宮下層的地圖。

「從迷宮上層直達迷宮下層的大洞，只能到最深處的『太古根魂』房間，跟一部分區域啊……」

我嘀咕著搜尋中層地圖，選出可以通往下層的路線。

迷宮中層裡有三個豎坑通往下層，看來從第一區域的豎坑下去中層，再下去下層是最快的了。

——但是人比我想像的還多。

應該是因為路上有「試煉之間」，也就是傑利爾先生他們討伐迷宮中層「樓層之主」的地方。

肯定是因為傑利爾先生他們為了討伐而開拓出安全地帶，大家才用這些地帶當據點來攻略迷宮中層。

「飛過去好了——」

為了避免被這些人發現，我穿上透明斗篷保持隱身，借助快速更衣技能改變成庫羅的模樣，使出天驅貼著天花板衝刺。雖然或許有掀起一些風，但就原諒我吧。

碰到擋路的巨大史萊姆，就用風魔法打個洞；碰到茂密的食人植物林，就用「自在盾」在前方建立屏障，直接撞破；碰到殘殺蜘蛛用層層鋼絲織網的區域，就用聖劍光之劍劈開，一路突破中層。

我還收拾了一些擋路的大型魔物，那都小事情了。

「——有門？」

通往下層的通道，被一扇神祕金屬門給擋住。

看來這要靠解謎才能開門。

我不會解讀密碼，也不想花時間去解謎，就用聖劍迪朗達爾硬是把門劈開。

手段有點粗魯，但是現在分秒必爭。

「再來是螺旋階梯啊——」

螺旋階梯沿路有不少蜘蛛網。我用「自在劍」和「自在盾」頂在前面快速突破。

AR顯示的地圖名稱終於變成「賽利維拉迷宮：下層」了。

打開地圖，再次確認最短路線。

迷宮下層的結構，跟上層和中層不太一樣。

如果用植物來比喻，這一層就像八個巨大的塊莖，彼此之間連結著幾百個小塊莖，形成錯綜複雜的網路。

我所謂的塊莖，就相當於上層和中層的一個區域。

小塊莖的面積，大概是平均區域的一成到三成左右，但是八個巨大塊莖的個別面積，可以直接把賽利維拉市放進去。

連結塊莖的網路中，有幾個不自然的死胡同。
潔娜小姐所在的空白地帶，就在其中一個死胡同後面。
是要從那個死胡同過去呢，還是從最靠近的通道用土魔法挖下去呢——
——嗯？
正當我在煩惱的時候，發現代表潔娜小姐的藍色光點開始移動了。
她的狀態也突然從「昏倒」變成「無」。
從光點的動態來看，應該是潔娜小姐醒過來，從囚禁地點逃脫。
我決定走最短路線，也就是「從最靠近的通道用土魔法挖下去」這條路。
我來到正上方的位置，連續使用「陷阱」土魔法。
之前我也用這個魔法逃出公都的地下迷宮，但是在這座迷宮製造通道的阻力比較強，消耗的魔力也比較多。
「——空洞？」
我來到一個巨大的地底空洞。
同時也感覺好像穿過了什麼結界。
ＡＲ顯示的資訊說是「常夜城的結界」。
使用夜視技能補全視野，發現一座湖泊，周圍是樹林與田地，湖中央有一座灰白的城堡。

這裡的光景不像地下都市，反而更像魔界，而且夜空中竟然有星星和月亮。

我忍不住打開地圖來看，自己確實還在迷宮裡。

月光照耀著這個廣大的空間。看來那月亮是魔法道具。

「那就是常夜城啊……」我感覺有些不妙，打開魔法欄發動「探索全地圖」魔法。

果然不錯，潔娜小姐躲在一間空房間裡，應該是在躲走廊上的侍女們。

看起來沒有人開始移動去追趕潔娜小姐，我趁現在檢查地圖上的資訊。

「這是——」

使用地圖範圍搜尋，立刻得知抓走潔娜小姐的是誰。

等級六十九的吸血鬼——而且還是真祖。

不知道這個世界的吸血鬼跟我所認識的吸血鬼是否相同，他的種族特有能力欄包括「霧化」「黑影步」「束縛視線」「魅惑視線」「奴役低階不死生物」「眷屬分離：蝙蝠」「眷屬分離：狼」「眷屬同化」「血流操作」「血之盟約」「血之契約」「血之從屬」，一看就知道大意不得。

檢查我手邊的文獻，發現「血之盟約」「血之契約」「血之從屬」這三項是吸血鬼增加同伴的能力。

其中「血之從屬」是製造「吸血鬼僕從」的能力，施展對象是屍體。

增加吸血鬼的能力叫做「血之契約」，必須在滿月之夜進行儀式，而且要做三次。執行儀式期間，狀態會變成「血之契約：進行中」。

查出這件事情，我立刻重新確認潔娜小姐的狀態，幸好還是一樣，沒有變化成文獻描述的狀態。

根據文件描述，一般的鑑定技能看不穿，但是我用技能等級最高的鑑定技能，都沒有發現選單詳細資訊發生變化，應該不會錯。

「血之盟約」用來增加上級吸血鬼，細節沒有描述，但是要先進行「血之契約」才能執行「血之盟約」，如果是為了確認潔娜小姐的安全，這項技能可以先忽略。

稍微放心之後，我決定先盡量收集真祖的情報，再來拯救潔娜小姐。

光看真祖的技能組，應該是比較偏魔法使的魔法劍士。

以真祖的等級來說，技能算是比較多，而且還有特殊能力，也就是獨特技能「全神貫注」。

地圖顯示這個真祖的名字叫「班赫辛」——很像地球上大名鼎鼎的虛構吸血鬼獵人凡赫辛，拿來當吸血鬼的名字好像有點怪。

怎麼說呢，這個名字感覺就很像轉生者，詳細資訊還寫著「赫辛伯爵家始祖」應該是自己封的吧。

加上他還具有獨特技能，非常可能是個轉生者。

一時還想說「如果接觸他，應該能獲得亞里沙需要的資訊」但是俗話說魚與熊掌不可兼得，所以現在先救出潔娜小姐，之後再來收集資訊。

真祖具備「走在陽光下的人」的稱號，以及「陽光耐性」技能，我想應該能在大太陽底下自由活動，跟我們認識的吸血鬼不同。

另外常夜城內除了真祖之外還有七個上級吸血鬼，數不清的騷靈，包含潔娜小姐在內的十七個人族女子。

奇妙的是沒有任何普通吸血鬼。

人族女性之中有十位的頭銜是「常夜城侍女」，應該是在城裡工作的人。

剩下六個是女奴隸，乖乖待在潔娜小姐原本所在的房間裡。

城堡所座落的湖泊裡，有數不清的死靈魚和骨魚；城堡周圍的樹林裡，有骸鳥、骨狼等各種不死系魔物，不過等級都只有個位數，不構成威脅。

我同時使用望遠技能與眺望技能，肉眼觀察城堡與周圍的樹林。

城堡附近有骷髏農夫正耕種廣大的葡萄田，還有傀儡一般的活偶，動作僵硬地將收成的作物搬回城堡中。

湖岸上有一座歪七扭八的橋通往湖中城堡，湖面上好像有翼魔的身影。

ＡＲ顯示告訴我，湖面上有一座探測類的結界。

真是戒備森嚴啊。

「好啦，該怎麼救出潔娜小姐呢——」

我可以直接突破正門，但要是潔娜小姐被抓去當人質就頭痛了，所以決定偷偷入侵。

當然也可以直接跟城主協商把人要回來，不過我還是以潔娜小姐的安全為第一優先。

人家好像治療了潔娜小姐的重傷，應該不是個壞蛋，然而畢竟也是吸血鬼。

他可能把潔娜小姐當成糧食，或者抓來要當老婆。

我也想用空間魔法「眺望」確認潔娜小姐的現狀，但是似乎會觸發湖面上的探測類結界，只好自重。

我設定啟用了潔娜小姐的標誌，讓潔娜小姐的即時位置出現在我的ＡＲ顯示裡面。

這原本是跑任務的時候用來找ＮＰＣ的功能，看來也可以這麼用。

ＡＲ顯示潔娜小姐的啟用標誌又開始移動。

——不妙。

潔娜小姐前進的方向有光點。

而且那就是真祖。

應該是要去抓潔娜小姐吧。

——不妙！

現在不是偷偷摸摸的時候了。

我從儲倉裡掏出聖劍迪朗達爾，用閃驅筆直衝向常夜城。

來到城堡外牆，我突然停住，在背後使用「風壁」魔法，把全速閃驅造成的強風打散開來。

我跟潔娜小姐之間隔了三道牆。

透過風壁的微風搖動我的髮絲。

「——喝！」

我一口氣砍碎厚重的外牆，將瓦礫收進儲倉。

好，看到潔娜小姐的側臉了。

潔娜小姐走到一半就停住不動——應該是撞上了真祖吧——我用閃驅迅速貼近潔娜小姐，她還沒驚呼就被我一肩扛起，我緊接著打開魔法欄使用「歸還轉移」。

轉移前一秒，感覺我肩上的潔娜小姐好像嚇得抖了一下。

我擔心會不會像剛才的「眺望」魔法一樣遭到阻礙，但或許是我打破了結界，又或者結界可以從裡面出去，所以轉移順利成功。

有點驚險，但任務完成了。

Ｖ**獲得稱號「救援者」**。

Ｖ**獲得稱號「逃亡者」**。

◆

轉移到迷宮別墅之後，我把扛在肩上的潔娜小姐放下來。

但是潔娜小姐看來不太對勁——整個人僵著不動。

我來看看潔娜小姐怎麼回事。

用ＡＲ顯示一看，狀態顯示「束縛」。

確認紀錄，發現轉移之前真祖也對我使出「束縛視線」的異常狀態攻擊。

從我打破牆壁到發動轉移不過零點幾秒，想不到會遭受攻擊。

不對，從發動時間來看，或許是我撞上了潔娜小姐遭到攻擊的場合。

我沒有獲得耐性類技能，可見既有的耐性類技能可以抵抗剛才的攻擊。

總之看看能不能用術理魔法「魔法破壞」解除異常狀態。

我還是第一次用庫羅的樣子見到潔娜小姐，或許該先打個招呼。

「冷靜，我是來救妳的。」

潔娜小姐看來比較不緊張了。

剛才她無法說話，應該不是因為警戒，而是受到「束縛」效果影響才無法說話。

術理魔法「對人束縛」只能讓人不好說話，但還是能對話，看來吸血鬼的種族特有能力效果不太一樣。

「妳被抓去一個地方，我救妳出來，接著要解除妳的異常狀態，放鬆等著。」

我對潔娜小姐說了，從魔法欄使用「魔法破壞」。

感覺到些微的阻力，但順利解除了。

「這、這裡是？」

「是我迷宮裡的據點。」

我對小心提防的潔娜小姐這麼說。

「保險起見問問妳，妳就是叫潔娜的？」

「是，我就是。」

「這樣啊，叫潘德拉剛的小子請我來救妳。」

「潘——佐藤先生嗎？」

潔娜小姐聽到我的名字就大喜。

「我不知道他的全名，現在要轉移到迷宮上層第一區域，妳要是見到潘德拉剛那小子，告訴他攤販那條人情我還了。」

我決定把這件事情，安排成佐藤幫忙妮爾她們擺攤，庫羅為了還人情而幫忙潔娜小姐。

「佐藤先生他……對不起，還沒向您道謝，謝謝您鼎力相助！」

「別掛心，向那小子道謝就好。」

我傲慢地回應潔娜小姐的道謝。

「我、我名叫潔娜．馬利安泰魯，是聖留伯爵領軍的魔法兵，可以請教恩公貴姓大名嗎？」

「勇者隨從，庫羅。」

「勇、勇者隨從！」

我不理會潔娜小姐的錯愕，逕自準備逃脫程序。

要是拖太久，就對不起在地面上操心的莉莉歐她們了。

『亞里沙，準備好沒有？』

『所有人都穿公開裝備集合了，隨時可以進迷宮喔。』

『不用進迷宮來，在西公會前面待命。』

『看來是平安救出潔娜娜啦。』

『對，馬上回去。』

我用空間魔法「遠話」通知亞里沙，潔娜平安無事。

「走了──『轉移』。」

我對潔娜小姐說一聲，使出「歸還轉移」回到第一區域好幾個轉移點的其中之一。

「無、無詠唱？」

轉移之後，潔娜小姐發出驚呼。

「主公勇者無名大人賜我『神代祕寶』才有這等功夫。」

靠著詐術技能幫忙，我說了之前用過的藉口。

對了，要給潔娜小姐一樣武器防身。

「我送妳到出口前的大堂，妳拿這個去防身。」

從這裡到出口的路上只有迷宮蛾跟迷宮鼠，應該不需要武器，不過可以利用這個好機會，給潔娜小姐一些魔法武器或高性能法杖。

「這把短劍造型簡單而美麗──難道是祕銀打造的？」

潔娜小姐發現我給她的短劍材質罕見，有點驚訝。

「不是純祕銀，只有表面鍍了祕銀，便宜貨別掛心。」

「好鋒利啊，感覺比德利歐隊長的魔劍還強呢。」

這把短劍，是計畫在越後屋商會販賣的量產型鑄造魔劍。

「用這條劍帶，妳這衣服沒辦法把劍插在腰帶上。」

潔娜小姐把短劍抽出十公分來欣賞，我給她一條掛劍用的瀟灑劍帶，這是重新設計過準備賣給貴族的東西。

目前潔娜小姐穿的並非進迷宮之前的皮甲，而是一件薄禮服配一雙漂亮的麵包鞋，沒有腰帶就不能配劍。

「請問，如果方便的話，能不能借我一支法杖？我是個魔法兵，要防身的話，法杖會比劍更適合……」

「可以，用這個。」

我本來就想給她，正好她主動開口，就從道具箱裡拿出一支長杖給她。

這是山樹枝做的長杖，功能是提升魔法收縮率，減少魔力耗損。迷宮最怕炸錯目標，又需要續戰力，正好適合在這裡用。

潔娜小姐立刻對自己使用支援類魔法，確認長杖的手感。

「好厲害的法杖，魔法用起來比我用過的任何法杖都順暢，魔力消耗也好低啊。」

潔娜小姐用了魔法之後說出感想。

妳能喜歡是最好了。法杖有人拿去用，也比堆在儲倉裡占位子更開心吧。

法杖作者名的欄位是空白，又是庫羅給的，應該不會有人懷疑來路。

我們沿走廊走向入口。

「庫羅大人，前方有光，是其他探索家嗎？」

「不是，那是迷宮方面軍駐紮地。」

往後就是安全地帶了。

「穿過那扇門走右邊走道，再走上樓梯就是迷宮門。」

潔娜小姐抬頭看我。

「怎麼？要我送妳到迷宮門？」

「不敢，多謝庫羅大人——」

潔娜小姐鞠躬道謝，要把短劍跟長杖還給我。

「妳帶著，如果有人問起，就打個廣告說是越後屋商會的新產品。」

我說了不肯拿回來，使出「歸還轉移」回到大宅地下室，去跟亞里沙她們會合。

◆

「啊!少年!」

我跟移動中的亞里沙等人會合,一起抵達公會前面,發現「銀光」隊員圍在莉莉歐身邊。

當然還有療過傷的聖留市迷宮選拔隊隊員。

裝備是來不及修好了,所以大家的盔甲依舊破爛。

「我去越後屋商會的時候碰巧見到庫羅閣下,就請他去救潔娜小姐了。」

「——庫羅?」

「勇者隨從,會使用飛行跟轉移的人。」

「他可靠嗎?」

我對擔心的莉莉歐等人提供這個資訊。

「可靠,之前在迷宮裡神出鬼沒的迷賊,他只花幾天就掃蕩殆盡了。」

老王賣瓜讓我有點不舒服,不過要讓她們安心,只好說得誇張點。

「少年認識那號人物啊?」

「是啊,稍微有點交情。」

為了讓她們放下心來,我稍微提及迷賊王魯達曼魔族化,跟他交戰時受到庫羅幫忙,所以我幫他的手下擺攤當作回禮。

「你就是潘德拉剛士爵？我屬下給你添麻煩了。」

年輕的騎士韓斯，頭銜是聖留伯爵領軍迷宮選拔隊隊長，跑來跟我打招呼。

我跟韓斯卿閒聊的時候，地圖光點顯示潔娜小姐已經通過迷宮門，走上「死亡走廊」。

潔娜小姐的光點來到西門附近的時候，我趁機結束對話，走到西門前迎接潔娜小姐。

「潔、潔娜——！」

「莉莉歐！我回來了！」

莉莉歐一看潔娜小姐走出西門就撲上前去。

伊歐娜小姐跟魯鄔小姐也接著慶祝潔娜小姐平安。

「潔娜小姐，妳平安就太好了。」

「佐藤先生！」

潔娜小姐被小隊三人抱住，還是硬擠出一隻白皙的手來，我握住她的手一起慶祝她生還。

亞里沙跟蜜雅從後面偷踢我一腳，我是在慶祝人家平安，別吃醋好嗎？

「——勇者隨從庫羅？」

「對，救我的人報了這個名號。」

我陪潔娜小姐來到公會長辦公室來做筆錄。

同伴們只是在我拯救潔娜小姐的時候做不在場證明，已經解散了。

「所以那個把妳抓走的黑霧魔物，也被他幹掉了？」

「不是——」

潔娜小姐向公會長報告，她身受重傷的時候就昏倒，醒來已經在吸血鬼城堡裡，而且傷勢也痊癒了。當她在陌生城堡裡徘徊的時候，就被勇者隨從庫羅給救走了。

潔娜小姐沒說是我委託庫羅去救她。

公會長好像也感覺到潔娜小姐瞞著什麼，但是沒有深入追問。

日後我再打扮成庫羅找公會長說說吸血鬼的事情就好。

「潔娜——上面說要休息幾天把盔甲修補好啦。」

做完筆錄回到公會大廳，莉莉歐把聖留伯爵領軍迷宮選拔隊隊長的吩咐轉告潔娜小姐。

「話說大家的盔甲都壞得很嚴重，到底是對上什麼東西了？」

「啊——那個叫什麼？一隻又大又快的魔物——」

「劍斧螳螂啦。」

回答我問題的不是莉莉歐，而是跟她們同行的「銀光」女探索家。

從劍斧螳螂的名稱看來，應該是手臂呈劍狀或斧狀的螳螂類魔物。

這麼說來——

之前貴族男孩柏曼的隊伍全軍覆沒，也是被對方從比人還高的位置用大劍或大斧砍殺。

搞不好貴族男孩的隊伍，跟潔娜小姐她們，碰到了相同的魔物。

「湧穴裡跑出其他魔物是很常見，但是我們跟迷宮甲蟲交戰的時候，竟然跑出劍斧螳螂這麼危險的魔物，還是頭一遭呢。」

迷宮選拔隊的人之所以傷痕累累，應該不是因為跟吸血鬼們交手吧。

當時潔娜小姐已經身受重傷，才被一團黑霧給抓走了。

這團黑霧八成就是吸血鬼「霧化」之後的樣子。

「當時我以為死定了，幸好劍斧螳螂怕了強悍的聖留伯爵領軍而逃跑，才撿回一條命。我有聽說聖留伯爵領軍本領高強，真是百聞不如一見啊。」

「唉喲，潔娜，聽人家誇這麼大我會害羞說。」

莉莉歐受到銀光隊員稱讚，得意洋洋。

但是身受重傷又被吸血鬼抓走的潔娜小姐，覺得過意不去。

「潔娜小姐，說好的這頓飯呢——」

之前說好她從迷宮回來就一起去吃飯，但是她應該很累了，今天就先讓她休息。

「那明天我去各位的宿舍接人。」

「啊，好的！我很期待。」

我回到大宅之後，又使出「歸還轉移」前往迷宮。

為了再次造訪吸血鬼們的城堡。

常夜城

「我是佐藤。吸血鬼應該是最多弱點的反派了吧？但是就因為弱點很多，不需要靠英雄，只要有智慧跟勇氣就能贏，所以適合當故事裡的反派。」

「好吧，這次得乖乖從正門拜訪了。」

這次的目的，是感謝對方救了潔娜小姐一命，同時為了上次擅闖而賠罪，但最大目標還是跟這個八成轉生過來的真祖打好關係，取得「神之碎片」的情報好幫助亞里沙。

還不確定對方就是轉生者，不過我想機率很高。

而且活了上千年，更讓我期待。

「——品味真糟。」

通往正門的走廊，是用枯骨堆成的走道。

我到這裡之前有確認過，上次闖入常夜城的破洞已經被補好了。

走廊盡頭有扇門，門上有三張臉，異口同聲大喊：『入侵者！』

「看門的？」

我上前一步，枯骨沙沙沙地堆成人型，門邊的石碑還冒出半透明的「怨靈」跟「亡靈」要攻擊我。

我不喜歡驚悚的東西，希望它們別過來。

上門拜訪總不好滅了人家的門衛，所以我解放之前封印的精靈光來牽制對手，如果還有誰敢靠近，就啟動聖碑趕回去。

有些低級的骨魔巨人佯裝成骷髏混在裡面，我用魔力搶奪讓它們虛脫。

骨蛇型魔巨人可以承受我的魔力搶奪，就把它們綁起來丟地上。

『考驗完成。』

『開門。』

『強者，過門。』

門這麼說了，就打開來。

眼前是「常夜城結界」。

沒有人來應門，我就自己進去了。

「打擾啦——」

我緩緩穿過結界。

今天我的打扮是庫羅基本款搭配別的變臉面具，算是特製版。

其實可以直接用庫羅的打扮過來，不過既然要見的人可能是轉生者，我想說日本長相會比外國長相的庫羅更適合，所以戴上新做的變臉面具。

這次變臉面具的長相呢，借用了外包除錯員田中兄的臉。肥仔的臉跟我的身材不合，所以選大眾臉田中兄。

「──喔，有人來接我了。」

過橋前往湖中城堡，橋頭有兩名女性上級吸血鬼（vampire lord），穿著黑禮服在等我。

居然叫lord（大王），不是應該叫人家lady（女士）嗎？好想去逼問命名的人。

話說這是人家的種族名，抗議也沒用，但我真的很想吐槽，所以我要擅自叫她們吸血妃。

兩位吸血妃，一個是矮小女孩，一個是年長的高個美女。

她們兩個的皮膚都是淡藍色，如果在暗處見到，可能會誤以為是深藍色。

──藍人。

我突然想到這個詞。

『據說藍人女性是形形色色的美女，男性英俊帥氣，特色是瀏海像海帶一樣捲曲。』

又想起這個傳聞。

好像還聽說過「如果迷失在魔物地盤的深處，就會碰到藍人。只要不對藍人抱持敵意，惡言相向，藍人就不會有行動。如果攻擊藍人，就會立刻被殺」。

希望能和平相處啊。

「強者啊，歡迎你。」

小女孩有著一頭白髮，粉紅色的眼睛，先開口對我說話。外表幼稚，年紀卻有三百歲，等級高達四十九。

旁邊金髮紅眼、身材玲瓏有致的美女，年紀一百歲，等級四十一。

外表與年齡不符，這點跟奇幻故事的吸血鬼一樣。

「你要的是一戰？或者是血珠、月夜草之類的寶物？」

「我希望能與真祖見上一面。」

金髮吸血妃問我的目的，我就老實回答。

這次就不要扮演庫羅的角色語氣了。

「這樣啊……不求一戰啊……」

但是美女那邊好像頗失望。

難道她想打一場嗎？

像女童的那個吸血妃說聲「稍候」就將一隻手變成蝙蝠，派回城堡裡去。

真是太方便了。

等待期間也沒什麼事做，我就開口想跟兩人聊個天。

小女孩擺臭臉不想回我的話，美女倒是很樂意回答我的問題，親切地告訴我很多事情。但是每次我對奇珍異寶有興趣，她就會說「與我一戰，贏了就是你的報酬」，老想打架，這點讓我頭痛。

我不覺得光看她一個就敲定吸血鬼都是戰鬥狂，但是麻煩不要雙眼閃亮亮一直勸戰好嗎？

聊著聊著，蝙蝠飛回來變回女童的手。

「主公願意見你，跟著來。」

女童冷冷地這麼說，也不管我的回應，就轉身走向城堡。

◆

「通過考驗的人哪，歡迎來到常夜城，黑暗眷屬的大本營感覺如何？」

真祖手拿一只高腳杯，裡面裝著血紅的液體，優雅地向我打招呼。

眼前這位真祖是個青年男子，紫色頭髮像海帶一樣天然捲，五官像是法國白人，皮膚呈現淡藍色。

一看他那麼特別的頭髮，我就知道迷宮村跟探索家們傳聞的「藍人」就是指這些吸血鬼。

『真祖，好。』

我為了確認真祖是不是日本人，第一句招呼就試著用日文來說。

「——啥？」

真祖瞪大眼睛。

「黑髮黑眼，配上那名字，最重要的是那張扁臉！」

真祖盯著我，瀟灑地從椅子上站起身來。

『難道你是日本人喔？』

『對啊，一看就知道我是土生土長日本人。』

真祖用日文向我確認，我點頭說是。

——猜對了。

看來他確實是轉生者，我想替亞里沙問問「神之碎片」的相關情報，但是內容太敏感，我想還是先建立互信比較好。

「果然如此。」

真祖的希嘉國語沒有口音，但是說日文的時候有點關西腔，看來他前世是關西人。難道前世的本名有個「番」或「播」才會取班赫辛這種名字？

「看起來你不是沙珈帝國的勇者，難道是碰上神隱的『迷落人』？」

「我不懂什麼是『迷落人』，應該算是個轉移者吧。」

目前我還不確定自己是轉移者或轉生者，但是沒有碰過黑髮轉生者，所以暫定是轉移者。

「喔？幾百年前聖赫拉路奧教國曾經模仿沙珈帝國進行召喚勇者的祕法，從日本召喚勇者過來，想不到竟然還有國家在幹這種事啊……」

真祖板起臉，交抱雙臂。

而且還嘀咕著「一群綁架犯」「再去收拾幾個召喚士還是國家重臣好了』這種危險的話。

他似乎認為轉移者就是召喚者。

等級六十九的真祖要是率領等級四十到五十的吸血妃們出擊，應該能輕鬆毀掉一個小國。

重點是就我所知，這個大陸並沒有什麼聖赫拉路奧教國。

前不久盧莫克王國才召喚了日本人，先別告訴他好了。

幫盧莫克王國的梅妮亞公主掩護一下吧。

「不必費心了，進行召喚的人們受到上級魔族攻擊，已經全軍覆沒了。」

「看來魔族偶爾也會做點好事啊。」

梅妮亞公主告訴我的事情，我再轉告給真祖。

我是沒有確認梅妮亞公主說的是真是假，但是當時梅妮亞公主說謊也沒意義，應該不必懷疑。

「我想跟你多聊聊日本的事情，不過就先把事情辦妥了吧。」

「也對，我的用意是——」

我先向真祖道歉，拯救潔娜小姐的時候破壞了城堡。

「那救援真是了得，劍招能夠劈開我用土魔法強化過的城牆，耐性足以抵抗真祖我的『束縛視線』並逃脫，最厲害的是挖破迷宮牆從天花板闖進來，真是天馬行空，了得了得！」

他的口氣相當愉悅。

看來我搶回潔娜小姐的事情，他並不當一回事。

「我打壞的城牆跟迷宮牆，之後我會修好。」

「沒必要，『迷宮之主』會自己修好迷宮牆，我的城牆呢，剛好讓城裡的人打發時問。」

這麼說來，迷宮牆好像真的已經修好了。

「話說，你怎麼會抓潔娜——呃，就是抓那個女孩呢？」

這是我來找他的正題。

如果他說要潔娜小姐的血，就算同為日本人，我也不能冷眼旁觀。

但我也不會排除他這個原住民，而是想辦法讓潔娜小姐離開迷宮都市就是了。

「順理成章。」

「順理成章？」

他的回答太籠統，我只能反問。

「說來話長。」他先說了這一句，然後娓娓道來。

「每兩個月，迷宮上層某個村子會辦場大市集，這市集的大老闆呢，求我要殺了一個叫做『鏽黏液』的特殊魔物。我要去討伐魔物的路上，就發現了命在旦夕的女孩。」

根據真祖的說法，潔娜小姐被「劍斧螳螂」砍了一記，身受重傷性命垂危，真祖才會救她。

當吸血鬼化成霧把人帶走，人在移動期間不會繼續出血，身上的毒素也不會擴散，所以真祖把潔娜小姐帶回城堡，用庫存的魔法藥療傷。

我對他說的「化成霧」的機制很有興趣，但是好奇心就等等再談吧。

「你的興趣是做慈善？」

「嗯，活久了，最大敵人就是無聊。所以碰巧見到不幸之人便臨時起意救她一命。」

對喔，剛才他也說修理牆壁可以打發時間。

「再說，見了美女哪有不救的道理？」

「說得是。」

他說他只有迷宮村舉辦大市集的時候會離開迷宮下層，像這樣救潔娜小姐回城堡的大事，已經有一百年沒碰過了。

我感謝善良的真祖救了潔娜小姐一命，也問他有沒有想要什麼地面上的東西，我可以帶來答謝他。

「嗯，我想要『列瑟烏熱血』。」

便宜葡萄酒的牌子。我還以為他會霸氣說什麼都不缺，沒想到他一口就說要這個酒。

對喔，迷宮村的人好像也說過「藍人」就喜歡這個。

前不久碰巧把我的庫存給賣了，現在手邊沒有。

列瑟烏伯爵領的領都被中級魔族給毀掉，所以迷宮都市目前沒有貨，但是附近的城市或倉庫應該還買得到。

「懂了，我去張羅。我有道具箱跟轉移魔法，如果想要生鮮食品或服裝，我也能帶來喔？」

真祖看看隨侍在旁的吸血妃。

「流行禮服。」

「祕銀，沒有的話就是鋼或銀的鑄塊。」

「可愛小飾品。」

「希望多來些紙墨。」

吸血妃們接連說出想要的東西，我用選單交流欄的記事本記起來。

大家想要的東西很多，但是除了「列瑟烏熱血」之外，我的儲倉裡都有。

我是可以馬上交貨，不過跟真祖要的葡萄酒一起交應該比較好。我復誦一次大家要的東西，確定沒有記錯，就答應下次來訪的時候會送上這些東西。

——對了。

我來救潔娜小姐的時候，搜尋地圖還發現幾個女奴隸，順便問問他。

「她們是我透過正常管道買來的奴隸。」

真祖似乎不理解我為何問這種問題，但還是願意回答。

「你說透過正常管道，所以你有跑去城鎮？」

「怎麼可能？方才說過村子有大市集，那裡也賣奴隸。我將魔核與魔物材料賣掉，得了金錢就買市集上的奴隸。」

而且真祖說他是大戶，奴隸商會準備只有他買得起的高價奴隸。

「你養著奴隸，是要當穩定的血液來源嗎？」

我怕會不會踩到他的地雷，但這件事情很重要，所以我口氣有點挑釁。

「真沒禮貌，她們可是城堡裡重要的傭人，你得收回養這個說法。」

真祖否認的口氣比想像中還強硬。

「失敬，我收回剛才的失言。」

「我買來的奴隸，每個月要提供十毫升左右的血液，其他只有在城裡做侍女的活罷了。我沒有硬逼人當吸血鬼，也不會胡亂施暴，言語羞辱。」

看來奴隸確實是血液來源，不過倒沒有剝奪奴隸們的自由意志。

聽說他成了吸血鬼之後，原本的性慾也慢慢消退了。

吸血妃們全都是他的妻妾，關係頂多就是擁抱接吻而已。

他唯一的慾望，就是每三天要喝杯葡萄酒，裡面加一滴鮮血。跟我想像中的吸血鬼不太一樣。

怎麼說呢，這是個言情小說裡會出現的吸血鬼。

「奴隸呢，每五到十年就會依意願解聘，聘用期間會教她們學養與技術，方便自力更生，解聘之後還會提供一筆足以開店做小生意的資金。」

有這麼好的待遇，就算要幫吸血鬼做事，應該也會有很多人報名。

教奴隸學養與技術，是為了讓奴隸獲得自由之後能自力更生，但最大的原因似乎是為了打發時間。與其說目的是想做慈善事業，不如說這很像吸血鬼的作風。

「但是待在這裡十年都曬不到太陽，應該不太健康吧。」

「不必擔心，這大區域的邊緣有個魔術士的小廟，他擅長光魔法，我吩咐侍女們每天要去那裡做一次日光浴。」

「吸血鬼的地盤裡，有個擅長光魔法的魔術士？」

「不錯。曾經有個大貴族的不肖子，要欺凌魔術士的女兒，魔術士宰了那個不肖子遭到問罪，帶著女兒夫婦逃來迷宮裡。我提供藏身處、糧食與日用品，他則是替我工作。」

原來如此。

他對奴隸的待遇好到讓我有點懷疑，不過他也有自己的理由。

「胡亂虐待殺戮，勇者就會跑來，大家還是共生共榮，點到為止才好。」

真祖裝壞笑笑，這麼說了。

我們應該算是打好一定程度的關係，今天別太貪心，先告辭吧。我這麼想著正要起身，卻被真祖攔住。

「難得來一趟，我們比一場如何？」

真祖咧嘴，露出兩支獠牙。

◆

我先假裝雙方不分高下，但是最後我狠狠修理了真祖一頓。

「——將軍。」

「等等，這一手不行。」

「你不是說剛才就等最後一次了嗎？」

「咕唔唔。」

真祖盯著棋盤低吟。

沒錯，比的就是將棋。

真祖準備了將棋盤，我們開始比試，可惜真祖只是愛下棋，棋藝卻不好。

這麼說來，波爾艾南森林的精靈們也愛下將棋，似乎這個世界的長生種族都一樣。

「我給三顆血珠，希望能再等我一手。」

「好吧，這是最後一次喔？」

「嗯。」

能獲得吸血鬼生產的稀有材料，要等一手也沒關係，但是跟他下將棋，壓力比對付精靈要沉重。

我之前工作要寫將棋遊戲，待過獎勵會的高手同事肥仔曾經幫我做過魔鬼特訓，所以就外行人來說是挺強的。

而且遊戲要設定難易度，所以我很清楚放水的竅門，但即使如此，要讓真祖獲勝還是難如登天。

就算我故意露出大破綻，他還是會下自爆棋。

不管答應他等幾次，他的勝算都微乎其微。

蜜雅的父親拉米薩伍亞也喜歡將棋，號稱精靈最弱，但是對上真祖應該百戰百勝。

「班大人，加油！」

「班大人必定會贏！」

但是對觀戰的吸血妃們來說，輸贏似乎不重要。

真祖每次跟小朋友一樣說「等等」然後不甘心地低吟，吸血妃們就會慈愛地看著真祖。

好吧，就別評論人家的興趣了。

「話說赫辛卿啊——」

「班就好，我也就喊你庫羅了。」

「明白，我有事情想問問班——」

關係好到一個程度之後，我問他知不知道「神之碎片」的事情。

「比試途中別掃興。」

「也對，抱歉。」

我乖乖向他道歉。

「比試之後，我介紹明白人給你。帶著從我這裡搶去的血珠，他們肯定有問必答。」

「多謝幫忙。」

「後顧之憂沒了，專心比試吧。」

真祖走出下一步棋，清脆的聲音響徹常夜城。

我們的將棋賽持續到深夜，直到某人來訪為止。

◆

「班大人，我來打倒你了！」

「瑟美黎今天還是精神飽滿啊。」

有個美女騎乘禍鋼大蠍，領著一隻貌似暴龍的古陸獸，一隻手腳都是藤蔓的遊步觸手，在城堡中庭裡與真祖對峙。

她有著淡藍皮膚，波浪黑髮，長得非常豔麗。

她是被真祖班變成吸血妃的上級吸血鬼，坐騎的禍鋼大蠍與手下率領的魔物，也被她變成吸血鬼。

為什麼真祖手下的人會來打他呢？我想問清楚，結果真祖隨口回答：「算是個叛逆期吧。」

看來這是他們的一種娛樂。

說要打倒真祖的瑟美黎，淡藍色的臉皮慢慢變成紫色。

口氣強硬，眼神卻像是戀愛少女。

「好了，今天誰打先鋒？」

「班大人，我來！」

「不行，由我先。」

「我也想打～」

除了剛才的金髮美女，還有紅髮與棕髮兩位女子舉手說要打。

看來戰鬥狂不是只有金髮美女一個。

「輪到我。」

一直沉默寡言的白髮女童吸血妃，舉起小小的手進入中庭。

女童用小小指尖的長指甲劃破手腕，手腕噴出的鮮血像生物一樣蠕動，化為一把大鐮刀。

……說起來挺像吸血鬼的模範能力，看起來真是奇幻啊。

瑟美黎則是扛著以魔物材料打造的大劍。

「哼，白姬打先鋒？我還以為那個金髮胖子要上場呢。」

「我、我才不胖！只是比較豐滿而已！」

瑟美黎把金髮尤物說成胖子，但是並非不瘦的人都算胖啊。

女童不想聽兩人鬥嘴，走入中庭拿鐮刀指向瑟美黎。

「我這邊的前鋒是暴暴農，上啊暴暴農！」

瑟美黎的命名品味有點怪，但是我覺得頗親切。

古陸獸立刻單腳迴旋，尾巴往女童甩過去。

古陸獸長得像是身高六公尺的暴龍，但是動作意外靈活。

女童用大鐮刀輕鬆砍斷古陸獸的尾巴。

但是對方看來原本就打算犧牲尾巴。

古陸獸被劈開的傷口噴出鮮血，不知為何竟然燒了起來。

燃燒的鮮血像是火焰噴射器，女童被噴到之前化為煙霧閃開。

瑟美黎似乎也掌握到吸血鬼的能力，古陸獸的火焰噴血經過特製，連煙霧都燒了起來。

觀戰的吸血妃們倒抽一口氣，瑟美黎笑得更開心。

「……太嫩了。」

真祖嘀咕了這麼一聲。

我的ＡＲ顯示也可以看到女童沒受什麼傷。

女童從古陸獸腳底的陰影中浮現，瞬間砍斷古陸獸的兩條腿。

看來霧化只是假動作，本體已經融入陰影中逃開。

這不是影魔法，而是種族特有能力「黑影步」，只有真祖、女童跟幾個吸血鬼有這種能力。

看來只有年紀夠大的吸血鬼能夠使用，一百七十歲的瑟美黎沒有這一招。

古陸獸失去雙腿，無法抵抗，只能乖乖被砍碎化為灰燼。

看來吸血鬼的體力計量表一旦歸零，就會變成灰。

「贏家，白姬琉娜。」

沉默女童輕輕拉弓，偷偷開心。

女童優雅地走近真祖，把臉湊上前去，真祖輕輕吻她一口，女童揚起嘴角。頗可愛的。

「換我的中鋒觸觸手！白姬不能連打兩場喔？」

瑟美黎看女童笑盈盈地又要走入中庭，煩躁地拒絕。

女童回頭看真祖，希望有個裁決。

「好，贏太多就沒意思了。」

此話一出，第二回合就由觸手怪對上金髮美女。

金髮美女跟女童一樣割破自己的手腕，噴血做出兩把短劍開打。

觸手怪的觸手從四面八方打來，金髮美女用超乎常人的速度閃避，閃不掉的觸手就用短劍擋開。

看來觸手怪的樹汁不像剛才的古陸獸一樣會燃燒。

不過樹汁黏性很強，減緩了金髮美女的動作。

觸手怪的觸手前端比較硬，就像爪子一樣，不斷割破美女的衣服。這隻魔物超有服務精神的，多來點啊。

「啊哈哈哈！觸觸手幹得好！把那胖豬難堪的身體公諸於世吧！」

「我，呼，我才，不胖。」

金髮美女為了反駁瑟美黎的辱罵，打亂了呼吸，躲不過多數觸手，遭到五花大綁舉到半空中。

——好色的姿勢啊。

這盯著看實在不好意思，所以我轉過身不看。

結果身後傳來啪啪啪的電擊聲。

金髮美女的狀態顯示麻痺，可能是受到觸手尖端的電擊攻擊吧。

看來麻痺狀態不能霧化，金髮美女無法反擊，確定落敗。

「勝負已分，觸觸手獲勝。」

看來已經分輸贏，我就回頭看。

真是血肉模糊啊……金髮美女的身軀被扯成兩半，四肢也都被扯斷，掛在觸手怪的觸手上面搖晃。

觸手怪把金髮美女的腦袋丟在地上，女童上前撿起來。

「真難堪。」

「……遺憾啊。」

——嗯。

不愧是吸血鬼。

只有腦袋還能說話。

原來她們真的是不死之身啊。

「不必擔心，只要淋上鮮血，立刻又會復活。」

真祖發現我看著腦袋會講話一臉錯愕，就這麼替我解釋。

用AR顯示一看，體力計量表果然慢慢恢復，驚人的再生能力。

「我的觸觸手要接著打，你們換主將上！」

瑟美黎興奮地看著真祖。

真祖不太在乎瑟美黎的眼神，轉頭看我。

「例行公事使人怠惰，今天就換個玩法。庫羅，你打贏了守護者，展現點功夫如何？」

「當然可以。」

我可以隨便拿鑄造魔劍，把觸手怪的觸手全剃光嗎？

「什麼！這觸觸手可是特製給班大人專用，怎麼可以給區區人類用！」

瑟美黎齜牙咧嘴大喊。

……什麼真祖專用，剛才不是用來打金髮美女了嗎。

而且我不太敢問，給真祖用是要怎麼用。

「由我親手凌虐他！」

瑟美黎要觸手怪退下，氣呼呼地走上決鬥場。

「我不想傷了她，有什麼放水的竅門嗎？」

我小聲跟真祖商量。

「區區人類竟然說要放水？真瞧不起本姑娘瑟美黎啊！」

看來吸血妃耳朵很好，被瑟美黎給聽見了。

她氣得血管都要爆了。

「不必擔心，上級吸血鬼就算化成灰也不會死滅。只要將魔核放在灰燼上，淋點鮮血，立刻就會復活。你別手下留情，盡力去打就是。」

真祖開心地對我掛保證。

但是瑟美黎的沸點好像很低，請別再激她了。

「班大人！就算打倒這小子，條件依然不變喔？」

「沒錯，瑟美黎要是贏了庫羅，就照說好的，我讓妳霸占一個月。但妳要是輸了，庫羅就有權命令妳。」

呃，我不要命令權好嗎。

我跟瑟美黎對上眼，她表情扭曲。

接著她抱緊自己雄偉的雙峰，好像不給我看，麻煩住手好嗎。

也太看扁我了。

「不、不准命令下流事啊！」

「哎呀，瑟美黎已經認輸了？」

金髮美女為了報復剛才的慘敗，只剩一顆腦袋還是要酸人。

看起來真是超現實。

「喂，你這黑髮扁臉人！快準備好來！」

瑟美黎大喊。

看來就算砍頭也不會死，就砍頭收工吧。

我透過萬納背包，從儲倉裡拿出鑄造魔劍。

「喔？造型簡樸，但是出自名匠之手喔。」

真祖對我的鑄造魔劍發表感想。

量產的東西也被人誇，挺開心的。

「喝啊啊啊！」

瑟美黎怒吼一聲，纖細的手臂掄起大劍衝向我來。

一招斃命也不好玩，所以我用鑄造魔劍擋住瑟美黎由上往下的一劈。

——好沉啊。

決鬥場的石板裂開下陷，捲起塵土。

瑟美黎立刻補上一踢，我拉開距離，她隨即橫著揮來一劍。

「——厲害喔。」

我還以為這人只靠蠻力，想不到劍術還挺有模有樣的。

如果我靠自己的功夫，會忘記要放水，所以用之前沙珈帝國勇者隼人教的「沙珈帝國神皇流劍術」技能來應戰。

「喔？這是沙珈帝國正統劍術？這下子瑟美黎也不能輕敵啦。」

「沒、沒那回事啊，班大人！我長年鑽研的功夫，怎麼會輸給這小子！」

感覺瑟美黎揮劍的速度又更快了。

看來她活到一百七十歲，有空就在練劍。

劍技之熟練，宛如波奇的師父波露托梅雅小姐。

但是不如精靈師父他們狡猾——所以好猜。

再說瑟美黎的表情太豐富了。

我就像在訓練波奇一樣，讓對方恣意出招，然後逼對方走進死胡同。

瑟美黎屈居劣勢，困獸猶鬥，割開手腕用鮮血做出飛針向我射來。

我針對左手形成魔力鎧護手，擋開飛針，瑟美黎看了心慌，手腳放慢，我趁機用右手的鑄造魔劍打斷她的大劍。

「哼，你這傢伙！」

瑟美黎立刻創造血劍砍來，我迅速收回鑄造魔劍擋開，一個轉身闖進她懷裡。

左手解除魔力鎧護手，貼上瑟美黎的心窩。

一碰到就發動「魔力搶奪」，一口氣吸走瑟美黎的魔力。

她失去魔力防禦之後，我貼身打出一掌，整個陷進她的心窩裡。

「嘎哈──」

瑟美黎喘不過氣，看來吸血鬼也要呼吸。

我左手收回，順勢將右手的鑄造魔劍抵上瑟美黎的頸子──點到為止。

老實說，我是不自覺停手的。

除了皮膚是淡藍色之外，怎麼看都是普通女人，我沒辦法砍她的頭。

就算知道她不會死，我生理上還是感覺到厭惡。

「贏家，庫羅！」

這時候真祖宣布我獲勝。

瑟美黎虛脫，雙手撐著地面乾咳。

「庫羅，你要瑟美黎做什麼？」

真祖這麼問，我回答之前先看著瑟美黎。

她不甘心地咬唇，憤恨地微微發抖。

這讓我有點想欺負她，但我不打算提出色情要求。

我說不想就不想。

「這個呢——」

但是我要賣個關子讓她緊張一下，請多包涵。

我想她天生就有被欺負的人格素質。

「——能不能帶我逛逛迷宮下層的名勝？」

瑟美黎聽了我的建議相當意外，傻傻地歪頭問：「名勝？」

真祖似乎相當中意，開心地笑著拍我肩膀。

高等級吸血鬼的臂力是普通人的好幾倍，請不要隨便猛拍好嗎。

「名勝是吧！包在我身上，我帶你看些前所未見，驚天動地的名勝！」

瑟美黎似乎把導遊當成我提出的新挑戰，鬥志高昂地伸直手指著我。

「瑟美黎，要帶路就帶他去找骸與鎧吧。」

「喔——！他們的戰爭很有意思喔！」

——戰爭？

不對，我更在意的是骸與鎧這兩個字。

從字面上的意思來看，是屍體跟盔甲嗎？

鐵甲騎士跟吸血鬼之外的不死生物——我想大概像「不死魔導王」或「不死之王」之類的吧。

騎士可能是無頭騎士杜拉漢之類的。

「難道他們也是轉生者？」

「嗯，不錯。」

繼亞里沙、「不死之王」賽恩之後，碰到第三個轉生者班，想不到又能認識骸跟鎧兩個轉生者……

搞不好這個世界的轉生者，比我想像中還多。

「班大人，不用帶他去找唯佳嗎？」

「這要問骸，骸才是唯佳的照護人。」

……又多了一個。

難道迷宮下層到處都是轉生者嗎？

我這麼想著，真祖又對我說了。

「這個骸就是我方才說的『明白人』，活得太久，空閒太多，想必會回答庫羅的問題。」

「骸這個人不好相處，但是喜歡瑟美黎，有她陪著應該沒問題。」

原來真祖叫我去決鬥，是為了讓瑟美黎當仲介啊。

實在深謀遠慮。

「好，庫羅我們走！」

急性子的瑟美黎站起身。

好吧，離天亮還有不少時間，就去逛逛迷宮下層名勝吧。

當然也要拜訪一下三位轉生者了。

骸與鎧

「我是佐藤，感覺隨著科學進步，人類自由的想像力也面臨障礙。但我覺得地底人、內外翻轉的地球、住在天上的巨人與神明，就算荒誕不羈還是很棒啊。」

「先去找骸與鎧吧！」

吸血妃瑟美黎高呼一聲，黑髮隨風飄逸。

我們離開常夜城，騎著瑟美黎手下的吸血鬼觸手怪前進。

我還是第一次騎乘觸手怪，騎起來滑溜溜的，又不會震動，意外地舒適。

「很遠嗎？」

「騎觸觸手馬上到！」

瑟美黎得意地回答。

我打開地圖確認前進方向。

「——果然是個空白地帶。」

接下來要去骸與鎧的地盤，看來跟真祖的常夜城一樣，受到結界保護。

我沒機會問真祖，其實真的很想確認，到底是哪種「結界」可以阻擋我的空間魔法與「探索全地圖」。

「就快到啦！」

我們從主通道轉進岔路，前往空白地帶。

——LWOOOOPWWWERRR。

觸手怪在岔路途中緊急煞車。

AR顯示前方有一道「冥府結界」。

我想應該不會真的通往冥府，但是這名稱看了就很想回頭。

「觸觸手在這裡等，庫羅我們走。」

瑟美黎跳下觸觸手，伸手對我這麼說。

「前面是鎧的地盤，不跟我牽手就進不去。」

我牽起瑟美黎的手，有點冰冷，然後一起走向結界。

其實我想我可以直接進去，不過沒人批准就硬闖，要是觸動警鈴可頭痛了。

我穿過結界之後，使用探索全地圖的魔法。

希望在見到面之前，先調查一下骸與鎧的底細。

地圖裡等級最高的是等級七十二的「骸王」，骸王有兩個非常吸引我的獨特技能「金屬創造」與「夢幻工廠」，本名好像是「鐵男」。

等級第二高的是五十三級的「鋼幽鬼」。

這個本名叫做「武流」，有個看來很不吉利的獨特技能「魂魄附體」。

我想這兩位就是真祖說的轉生者了。

只要我沒搞錯，「骸王」鐵男就是骸，「鋼幽鬼」武流就是鎧，這個骸的本名很容易搞錯啊。

——穿過結界是個隧道，隧道那頭就是戰場。

「好啊！看來剛開打喔！」

瑟美黎就像看到玩具的小朋友，拉著我的手要去視野開闊的地方。

眼前看到鋼鐵車輛，嘎嘎嘎地轉著無限軌道（履帶）往前走，在地上刮出兩條凹溝。

陣地內有四輛戰車並排停在小山頭上，旋轉砲塔。

頓了一下子，砲口與防火帽就噴出黑煙。

——不是無煙火藥喔？

砲口射出四發砲彈，飛越戰場，打中正要翻過第一道戰壕的鋼鐵魔巨人。

砲彈打穿魔巨人的厚重裝甲，砸入魔巨人背後的地面，捲起沙塵。

魔巨人被一砲打壞，四分五裂。

「喔，骸要喊名句了。」

「名句？」

我的問題還沒問完，就聽到宛如大聲公發出的聲音，響徹地底空洞。

『奇幻去死吧——！』

——喂喂。

怎麼好像是某個浮游大陸上某位使魔的台詞呢？

『又來了！偶爾用自己的台詞叫囂吧！』

不見身影的對戰者，用電子人聲破口大罵。

我想這個應該是鎧，也就是「鋼幽鬼」武流。

仔細一看，戰場上立著紅白相間的小鐵塔，鐵塔頂端裝著擴音器。

剛才的聲音應該就是從那裡來的。

看看地圖，防禦方應該是骸，也就是「骸王」鐵男。

防禦方除了剛才看到的四輛戰車之外，還配備四輛裝甲車與五十六個骸骨士兵。

進攻方有七個鋼鐵魔巨人，與五十六個黏土士兵。

雙方的裝備不是劍盾，而是上了刺刀的步槍。

如果加上剛才被打爆個魔巨人，雙方就是六十四對六十四。

這不太像戰爭，比較像戰棋吧。

「這次應該是骸會贏吧。」

瑟美黎帶我前往所謂的觀戰塔觀戰，跟我的第一印象一樣，這並不是真正的戰爭，而是戰爭遊戲，或者是武器實驗。

戰車方從頭埋伏到尾，一路占上風而獲勝。

只有一次被魔巨人貼近，打爛了兩輛戰車，不過有伏兵帶著拋棄式火箭砲炸斷魔巨人的腳，等魔巨人不動了，就遠距離集中射擊殲滅。

光看這一仗，算是現代武器獲勝，但是魔巨人們的動作明顯太遲鈍了。

真祖那個大區域的守門魔巨人，也是長這個模樣，但是這裡的魔巨人輸出好像不夠強，動作慢吞吞。

如果那個守門魔巨人在這裡，應該一隻就能打贏所有戰車。

或許是受到什麼限制，還是有什麼規定吧。

「好，我們去找骸。」

瑟美黎直接從塔上往下跳，我也跟著下去。

剛剛才看了現代武器大戰，現在沒綁安全繩就跳下二十公尺高的高塔，感覺不太搭。

戰場盡頭有座扁平的白色建築，像是研究所。

建築周圍有一圈兩公尺高的鐵絲網，頂端有倒鉤，以亞里沙的口氣來說，就是「奇幻感不夠」的格局。

瑟美黎好像很吃得開，對看門的木乃伊打聲招呼就直接走進建築物，通行無阻。

「這，難道是混凝土？」

遠看還以為房屋材質是大理石，結果近看才發現是混凝土。

有木乃伊出來應門，帶我們往建築物裡走。

這木乃伊還穿著女僕裝，當沒看到好了。

木乃伊帶我們到了一個大房間，大概五十坪，光源像是日光燈。

房間中央有張大方桌，桌上有模型造景，內容是剛才的戰場地形，還有微縮戰車與魔巨人。

方桌兩邊各有個木乃伊跟鐵甲人，正在唇槍舌劍。

AR顯示這兩位就是骸與鎧，也就是「骸王」鐵男與「鋼幽鬼」武流。

「嗯，瑟美黎啊？妳是要來跟我討戰車去打班嗎？」

「妳那兩團沒用處的脂肪，要是讓我搓個一小時來，我就幫妳設計一套可以跟班對打的強化裝喔？」

「這、這兩個色老頭！要是帶了戰車那種掃興的東西被班大人討厭，你們怎麼負責啊！」

瑟美黎聽了骸與鎧的性騷擾發言滿臉通紅，高舉雙手追著兩人打。

兩人被瑟美黎追著打，看起來好像挺開心的。

然後這種小學生等級的相處方式，我也不予置評。

「那，這小哥是哪位啊？」

「瑟美黎的那個嗎？妳放棄獨占班啦？」

兩人把瑟美黎狠狠性騷擾一番之後，才總算發現我的存在，開始問我是誰。

鎧用手指比出砲友手勢，瑟美黎一拳打下去，頭盔應聲落地。

盔甲裡面果然是空洞洞。

要是亞里沙看到了，應該會拜託他「說一聲『哥哥』」。

「那怎麼可能！是班大人要我替他帶路！」

「——帶路？」

骸狐疑地看著我。

想不到木乃伊表情這麼豐富。

「幸會，小弟名叫庫羅，跟班閣下是同鄉——說是『日本人』兩位懂嗎？」

「哪？你這個黑髮『日本人』不是勇者啊？」

「年紀輕輕就想要永遠的身體嗎？等你多享受個三十年人生再說吧。」

「是啊，可別跟我一樣變成一身鋼鐵，這一身鐵甲就算揉起瑟美黎的奶子也不好玩喔？」

「我的胸歸班大人！」

我只是打個招呼，想不到這麼吵鬧。

是說這兩位的外表，感覺就能當遊戲裡的大頭目或中頭目。

尤其是骸，如果我沒先碰過「不死之王」賽恩，搞不好會把他當魔物消滅掉。

「那，有何貴幹？真的想要永遠的肉體啊？」

「不是，我請瑟美黎帶我逛逛迷宮下層名勝，她說這裡最好玩，就帶我來了。」

「啊？你來觀光？」

「嗚嘿嘿，第一次有傻蛋為了觀光跑來這種刀山血海啊。」

人家問我用意，我老實回答，結果被笑了一頓。

「也好，反正來的人老是要些千年左右的長生，要些失落的知識，貪得要命。」

「不然就是那些『勇者』跟想當英雄的蠢蛋，錯把我們當魔王來打，結果反被宰掉啦。」

盔甲看不到表情，但是口氣聽得出很厭煩。

總之對方應該是歡迎我，我送上儲倉裡長灰塵的火藥大砲與火繩槍當作見面禮。

我本來擔心能不能從道具箱裡拿出大砲，幸好道具箱入口跟著大砲變形，順利拿出來了。

「挺稀有的骨董喔……」

「這是我在孚魯帝國那時候設計的大砲啊，當時會吸收魔力跟魔法的史萊姆大量繁殖，我才做這個去掃蕩啊。」

看來鎧先生曾經是孚魯帝國的工程師。

孚魯帝國應該是六七百年前被半獸人魔王「黃金豬王」消滅的帝國。

我在沙漠裡簽約的都市核，就是孚魯帝國的核心，大家真是有緣啊。

「這把槍是日緋色金打造的……火槍又用不到這麼高的強度，真是傻啦。」

不是傻，是我做來玩的。

我用「面無表情」技能隱藏自己的尷尬，看兩位把玩禮物。

禮物比我想得更受歡迎，兩位為了回禮，請我參觀他們封閉空間裡的博物館。

◆

眼前出現一扇飄浮在空中的黃金門，骸開門進去。

這應該是扇轉移門，骸的光點從地圖跟雷達上消失了。

用標誌清單一看，他目前的位置顯示「ＵＮＫＮＯＷＮ」。

我試著用「眺望」魔法去看，但是就像先前要看真祖的常夜城一樣，沒有作用。

鎧跟瑟美黎穿過黃金門，我也跟上。

看看地圖，這是「沒有地圖的區域」。

之前也碰過這種狀況——對了，跟我被關在賽恩的影子裡那時候一樣。

裡面是個無邊無際的白色世界。

「來啦——跟著我。」

骸與鎧帶我走在這白色空間裡。

每隔一段距離，就會有一座高五十公尺左右的方形建築。

「這地方是用空間魔法做出來的嗎？」

「不是，這是唯佳用獨特技能做出來的空間，就不怕眾神來偷看了。」

「真是，外面的結界就夠用了吧，愛操心的老頭子。」

鎧說得有些無奈，骸熽嘴轉頭過去。

也是啦，總覺得神明的工作就是從天上偷看人間這樣。

——哎呀。

我還有更該問的事情呢——

「外面的結界跟這個空間，是那位唯佳創造的？」

「沒錯，這結界不僅能抵抗上級魔法，連眾神的力量都能擋開，天下無敵。只有『符合條件的對象』按照『一定的順序』走『設定好的入口』才能通過。只要不符條件，七柱眾神也別想通過，連偷看都不行。」

——咦？怎麼回事？

牽著瑟美黎的手才能通過「冥府結界」，還有打倒門衛通過考驗才進入「常夜城結界」，這就不提了。

但是我為了救潔娜小姐的時候，從正規入口之外的地方穿過了「常夜城結界」。

那不是連神都過不去的嗎……

我還以為自己的「穿透結界」能力只是個小特技，搞不好隱藏了什麼祕密喔。

總之我搞懂為什麼空間魔法跟探索全地圖都沒用了。

既然是唯佳的獨特技能，只有本人能夠使用，就不怕魔族或魔王隨便使出來了。

「應該可以匹敵『龍之谷的結界』吧。」

「真是發揮家裡蹲的本領啦。」

鎧哈哈大笑。

「家裡蹲，是嗎？」

「就是說啊——你要笑到什麼時候！」

骸用手上的錫杖敲了鎧的鐵甲。

「唯佳這女孩跟我們不一樣，轉生出來不是人族而是『小鬼人族(哥布林)』，吃過很多苦頭，所以怕人怕得窩在自己的地盤裡。」

人外轉生啊……以轉生者來說算是困難模式了。

但是我第一次看到非達米的哥布林——不對，我好像聽說過初代勇者有打過「哥布林魔王」。

話說女生轉生成哥布林，真是可憐到我要哭了。

「唯佳膽子小，但是人很好喔？都會跟我談情愛的煩惱呢。」

瑟美黎也補充唯佳的資訊，以她的脾氣來看，就算唯佳拒絕，她也會硬是靠近拉關係吧。

「對了，骸啊，等等我能帶庫羅去找唯佳嗎？」

「啊？這個小子看來沒啥危險，如果唯佳肯見就見吧。」

骸打量我一陣子，給瑟美黎提個條件就答應了。

先不提這個，難得聊到獨特技能的事情，我來問個問題。

「是說這結界可真厲害，不愧是神明附體的獨特技能啊。人類肉身卻有著『神之碎片』——」

「庫羅。」

骸突然冷冷地瞪我。

剛才那好老頭的形象蕩然無存。

看來是踩到他的地雷了。

「你聽誰說的？」

獨特技能源自於「神之碎片」這件事情嗎？

「就是——」

不知道該不該說是魔王告訴我的，本來打算靠詐術技能蒙騙過去，但是正要開口撒謊，察覺危機技能就發動了。

我想謊話跟藉口應該騙不過骸吧。

不是因為技能，而是因為人活久了，眼光精準，什麼都看得穿。

「——魔王『狗頭古王』閣下說的。」

所以我說了真話。

「庫羅，你混哪裡的？這是假名來著？還是為了想套話，故意取這種名字？」

「什麼意思？這名字是黑龍山山王成龍閣下賜給我的。」

你問我是誰，我該怎麼回答才好？

「那你什麼時候見過克洛——呃，狗頭？」

骸繼續追問。

原來如此，打倒狗頭之後出現的「紫髮男孩克洛」跟我這個名字庫羅很像，他才會這麼問。

所以克洛男孩就是魔王化之前的狗頭？

「大約一個月之前。」

「嘖，什麼時候就……」

骸咂舌一聲。

「骸啊，你老婆都沒說什麼喔？」

「她怎麼可能跟我報告？都已經兩百年沒見到面了。」

骸的老婆是狗頭的朋友嗎？

搜索地圖沒看到那麼高等級的人，或許是分居了吧。

「那麼現在地面上應該是腥風血雨吧……淒淒慘慘戚戚喔。」

「不會啦，那個狗頭愛裝酷，別妨礙他屠殺神殿人員，他才不管你。」

鎧嫌麻煩地揮揮手，對骸吐槽。

「難道兩位是狗頭閣下的朋友？」

「怎麼可能。」

「我才不要跟那種裝酷狂信徒當朋友。」

骸與鎧都說不要。

「為啥？你也討厭神，怎麼不跟他當個好朋友？」

「不要相提並論喔，我是討厭神，但是他為了削減神的勢力，去屠殺愚昧信神的人，這種畜生事我不幹。」

骸不悅地咒罵。

「骸閣下也討厭神？」

「是啊，之前有點過節。你說『也』的意思是？」

「啊，我倒沒有討厭神。」

我有弒神者的稱號，但並不是討厭龍神才殺祂的。

「喔，你是指狗頭啊——」

骸這就聽懂了。

「難道你來，是想知道討伐狗頭的方法？」

「別想要我們幫忙喔！反正我們肯定打不贏啦——」

骸與鎧接連說道。

「——我才不要逞強，死了變魔王咧。」

就這個！

「轉生者使用太多獨特技能會變成魔王，這不是個迷信嗎？」

「庫羅，這是狗頭說的？」

「是他說的沒錯。」

「千萬不要到處張揚啊。」

「那是當然。」

我誠懇地回答。

畢竟轉生者的紫髮已經被大眾忌諱了，這件事情要是傳出去，肯定會遭到獵巫等級的殘忍待遇。

「如果讓兩位誤會，我道歉。其實我的同伴裡有個女孩，就是轉生者。」

我放棄繼續試探，決定堂堂正正問情報。

「我不希望看她變成魔王。」

「所以你想問獨特技能——不對，轉生當時神明出借的『威能』是吧？那麼——」

「鎧你等等，庫羅，這女孩對你來說是什麼？」

鎧正要回答，被骸阻止。

「就像家人一樣重要。」

骸聽了我的回答，沉思片刻之後又說了。

「『骸王』鐵男提問，那女孩對你來說，與自己同等重要，甚至更加重要？」

——判官的「裁決」嗎？

「庫羅，回答。」

骸問，我回答「是」。

「『骸王』鐵男提問，你期望那女孩幸福嗎？」

我立刻回答「是」。

「好吧，我知道多少就教你多少。」

骸這麼說了，終於告訴我獨特技能與「神之碎片」的事情。

他的資訊佐證了我的猜測，還補充了我不知道的事實。

「轉生者在投胎的時候，神明會借他們『威能』。」

這個威能就是獨特技能，神明出借威能來實現轉生者的願望。

「神之碎片」就是威能的來源。

「——但可不是沒限制喔！」

轉生者的「威能」無法大過自身的「魂器」。

「如果使用獨特技能超過臨界，就會損傷『魂器』。魂器有裂痕還有可能復原，但是通常都會壞到修不好，回不來——那就是『魔王』啦。」

「成了魔王，就變不回來嗎？」

「對，不行。像狗頭那種還有理性的魔王已經挺罕見了，大多數都會失控。」

「眾神好像可以修復魂器，不過他們才不會為這種小事，耗費好珍貴好珍貴的神力咧。」

「高階神官的祈願魔法呢？」

「不行，這可沒有簡單到人類辦得來啊。」

也就是說，魔王化算是不可逆反應了……

「也別這麼頭痛，如果你會擔心，別讓她使用突破極限的獨特技能就好啦。」

「對，遵守規定用量就好。」

亂來……又不是藥品的注意事項。

「怎麼？你不信？我活了這麼久，見過不少轉生者，只要使用次數不超過神明一開始的規範，沒有人會變魔王喔。」

「神明會規範使用次數？」

話說亞里沙的獨特技能「不屈不撓」就有「只能用三次」「使用次數每個月會恢復一次」的限制。

至於獨特技能「力量全開」的限制我沒問過，下次要問問看。

「好像有人受重傷快死掉，還是病到快要死掉，逞強用了獨特技能結果變魔王喔？」

「是說也有人憂鬱到變魔王啦。」

好險好險，如果光拿使用次數當標準就慘了。

「總之呢，健康最重要啦。」

「先保持身心健康，然後提升等級，強化基本能力，也是不錯喔？」

原來如此，老人家的智慧值得參考。

「對啦，如果那女孩有什麼一招斃命還是突破極限的技能，要小心點，那種的有可能一口氣破銇變魔王喔。」

——我的媽。

亞里沙的獨特技能「力量全開」不就是這個嗎？

「……還真的有啊。」

骸與鎧面面相覷。

「我的道具箱裡有個神器能夠保護『魂器』，就像拘束器或輔具那樣，既然你還挺有功勞的——」

「你願意讓給我嗎？」

我連忙確認骸的提議。

「可不能白給喔！」

骸露出奸笑。

「我不會逼你給什麼龍牙，不過得換你幾片龍鱗，世界樹的樹枝樹葉，還有小指頭大的『賢者之石』一顆——」

「喂喂，對小子來說太吃力了吧？討些比較實際的東西啦。」

鎧聽了骸要的東西有些傻眼。

但是只要能避免亞里沙變成魔王，這點東西不算什麼。

「世界樹的樹枝樹葉，你要多少？」

「樹枝要裝滿一馬車，樹葉要能鋪滿馬車貨斗。」

世界樹的樹枝很粗，裝滿一馬車很簡單。

「明白，現在拿出來可以嗎？」

「你身上有？」

骸顯得有些意外，我點頭。我們前往他指定的倉庫，我就從道具箱裡拿出樹枝樹葉。

「厲害，還真的有啊。」

鎧看我接連拿出道具，目瞪口呆。

「這是啥？」

「龍的鱗片啊？有哪裡不對嗎？」

「這不是成龍的鱗片嗎？」

骸脫口驚呼。

「而且這些樹枝不是小樹的枝，是老樹的枝吧？」

先不管龍鱗，骸連樹枝樹葉都要大驚小怪，搞不懂。不過感覺交換的價值沒有問題，所以我又拿出了他指定份量的「賢者之石」——也就是聖樹石。

「這也不是假貨，庫羅，你到底是什麼來路？」

「我只是跟成龍、精靈們有點交情而已。」

「世界樹的枝葉也就算了，怎麼可能有點交情就把寶貴的『賢者之石』交給人族——」

骸說到一半就閉上嘴。

「好吧，我就不多問了。」

「是啊骸，人家大老遠跑到地底深處來，提供寶貴材料都不喊價，肯定很珍惜那個女孩啦。」

我確實很珍惜亞里沙，不過聽人家說出來真有點不好意思。

「庫羅，這是『魂殼花環』，盡量裝配在她的頭部附近。」

骸給我一只胸針，造型像是幾朵小花圍成好幾圈。

看來這就是保護「魂器」的道具了。

「一旦她用過一招斃命類的招數，一定要她讓你看看魂殼花環。如果花環中央的紫魄珠霧掉了或裂開了，那就很糟糕啦。要盡早讓她喝萬靈藥，或者找個能使用最高階神聖魔法的神官去看個診。」

原來這種時候只要給萬靈藥就行啦。

「想要萬靈藥就去拜託班吧。他隨時都有庫存不少瓶，給城裡的侍女們用。」

「多謝你的貼心。」

我手上有得是，不需要麻煩真祖了。

對了，趁這個機會問問看。

「骸閣下，有辦法拿掉『神之碎片』嗎？」

狗頭魔王說他曾經搶走其他魔王的『威能』。

但是他也說不可能拿掉神之碎片，我想說如果搶走威能或許就跟著搶走碎片，所以問問看。

「──啊？你是想一勞永逸？」

骸問我，我點頭肯定。

「我知道你想降低風險啦──」

「廢話真多，快告訴他啦。」

鎧打斷骸的長篇大論。

「嘖，囉嗦的傢伙。『神之碎片』是可以拿得掉，但是一拿掉，持有人就會死喔？」

果然跟狗頭的答案一樣啊……

「神之碎片是深植在靈魂深處，好讓持有人習慣威能。硬是把它拿掉，靈魂就會四分五裂。倒楣的話當場就變魔王，就算沒有，也是魂飛魄散，再也無法回到輪迴之中啦。」

看來比想像中還危險。

骸說大概千年之前，有個下三濫魔王具備搶奪類的獨特技能，會搶走其他轉生者的好用威能，骸透過犧牲者的情報得知這件事。

「也是有魔王具備奇怪的威能，可以把自己的威能轉讓給眷屬，不過那太特別了，不值得參考啦。」

骸說到這裡，就結束拿掉「神之碎片」的話題。

除非有天大的好運，碰到一個轉生者具備獨特技能，可以毫無風險地拿掉「神之碎片」，否則亞里沙的「神之碎片」是拿不掉了。

◆

聽骸說了不少事情，然後我們照原定計畫參觀骸的博物館。

「庫羅，你可以這樣悠哉逛博物館嗎？」

鎧這麼問，我回頭。

「狗頭不是在地面上作亂嗎？你不擔心那個轉生者女孩跟其他朋友？」

對喔，才說到狗頭復活，半途就切去其他話題了。

「沒問題，『狗頭古王』已經被除掉了。」

「除掉了？狗頭已經被除掉了？」

「那群龍整天睡大覺，這次怎麼這麼快出馬？眾神小氣巴拉不肯浪費神力，也不可能出動，就算出來了，也是被狗頭威能剋到，封不住也打不死啊。」

骸與鎧聽我回答，歪頭不解。

「不對，神明有指示，說是被勇者大人打倒了。」

「勇者？」

「胡說八道，剛誕生的三流魔王也就算了，狗頭可以匹敵亞神，勇者怎麼打得贏？」

我說了事實，但兩人不信。

「巴里翁神把神力分給勇者，確實讓勇者變得很強，不過——」

骸的口氣就像在教訓我。

「——就算借用部分神力，勇者也只是人，跟我們轉生者差不了多少。眾神直接出馬都打不贏的對手，借用部分神力的傢伙怎麼可能贏？」

好吧，兩位的說法我也懂。

我所認識的勇者隼人，號稱是最強的人類，但是問我「要有幾個跟隼人一樣強的人才能打贏狗頭？」我也答不出來。

「或許是有神或龍幫了勇者的忙吧。」

我運用詐術技能，結束這個不痛不癢的議題。

「好吧，狗頭沒有作亂就好。別想那傢伙，不如欣賞瑟美黎的屁屁，意義多上一萬倍啊。」

鎧盯著走在前面的瑟美黎，真是個豐滿美臀。

我非常有同感，但是說給本人聽見不就是性騷擾嗎？

「喂！不要隨便看！我的屁股屬於班大人！」

「看一下哪裡不好，又不會少塊肉，小氣巴拉的！」

「會少！不知道少多少，但是一定一定會少！」

瑟美黎對性騷老頭鎧嚴正抗議。

「喂，難得帶人家來博物館，好好給人家參觀啊！」

「嘿嘿嘿，還想賣人情啊，你明明就超想看的。」

這次換骸跟鎧吵起來。

——感情真好啊。

我不管那兩人，好好參觀博物館的館藏。

有點眼熟的手槍、步槍、衝鋒槍、迫擊砲、手榴彈——現代武器真多。

一棟接一棟的建築，裡面擺著往復發動機式的戰鬥機，有單翼也有複翼。另外還有戰車，但是跟地面上的戰車不一樣，就我鑑定來看，戰鬥力之強連瑟美黎都要苦戰。

「這裡的武器啊，裝載了孚魯帝國研發的蒼焰機關，用的可是寶貴燃料蒼幣喔？」

蒼幣——就是用聖樹石加工而成的貨幣，如果拿這個當燃料，代表孚魯帝國的蒼焰機關跟精靈們的聖樹石機關一樣，或者是八成像。

骸說外面打仗用的戰車，用的是內燃機。

「是不是腦袋壞了？特地從迷宮中層去撈重油來當燃料喔？」

「明明是我的眷屬在搬油！暴暴農拉的貨車！」

鎧受不了骸那麼愛玩，瑟美黎賣弄起自己的眷屬。

感覺我心目中「不死人」的形象慢慢崩裂了。

「這可是模仿二次世界大戰戰艦『綠鳳』打造出來的！看看這四十六釐米三連裝砲塔，很難做的好嗎？」

骸開心地在兩百公尺級的大戰艦前面解說，但是我不自覺看到窗外的東西，更有興趣。

「那個難道是鐵軌？」

「喔，對啊，就是它害我被神追殺啦。」

骸說大概三千年前，他轉生為小國的王子。

他利用獨特技能與軍事知識，將祖國打造為大陸西方第一大帝國，可是——

「為了順利傳送資訊，強化流通，我打造了電波塔跟鐵路網……這好像把神明給惹火了。」

肥沃的農田被蝗蟲吃得乾乾淨淨，乾旱連連，還有地震跟火山爆發，簡直就是天災大放送。

——整人也不是這樣整的吧。

帝國在這種狀態下還撐了十年左右，結果神明指示一切元凶都是骸所創造的技術，帝國立刻分崩離析，骸也遭到暗殺。

不過骸早就知道刺客要來殺他，所以早就準備儀式要成為「骸王」。

「就算我變成這副德行，神明還是不斷派『神之使徒』要來殺我，我答應神明隱居在迷宮深處，才存活下來啊。」

鎧聽了冷笑兩聲。

「這傢伙拿全人類當人質好嗎？做了一堆核武跟人家講『不想看到人類滅亡就別找我麻煩』喔。」

我還以為是開玩笑，但骸只有臭臉哼聲，卻沒有否認。

看來是真的了。

是說威脅神明也太亂來了吧，不愧是當代建立大帝國的漢子。

他說眾神曾經展現奇蹟，將核武的放射性原料全部變成鉛，所以地表上挖不到了。他的獨特技能「金屬創造」也沒辦法創造鈾或鈽，所以核武已經沒庫存了。

——太好啦。

要是在奇幻世界碰到核子冬季，就太傷心了。

是說想不到在這裡驗證了狗頭的話啊。

果然文明只要迅速發達，眾神就會來作梗。

話說回來——

「明明可以做帆船跟飛空艇，怎麼就不能做鐵路呢？」

「聽說都市之間的通話跟物流，只要方便起來就不行喔？帆船可以靠魔物威脅來阻擋，飛空艇又不能量產，還要拿魔核當燃料，貴得要死啊。」

原來如此，看來飛空艇量產必須適可而止了。

「是說這麼多載具跟機械，都是你自己設計的嗎？」

「對啊！我多的是時間，又有方便製造的威能跟魔法，這點小事簡單簡單！」

「嗚嘿嘿，可不要讓骸太驕傲了，他會賣弄個沒完啊。」

「囉嗦啦！」骸罵了鎧一句，但興高采烈地送我一堆內燃機等機構設計圖，學術書籍，還有測量儀器等等。

拿太多也不好意思，所以我提供許多骸想要的魔法金屬。

我們結束這趟滿載而歸的訪問，離開骸的博物館。

◆

「喔喔，這種載具竟然這麼快啊！」

「嗚嘿嘿嘿，你想自殺啊？我跟瑟美黎撞成肉醬還可以復活，你撞爛了可是死路一條喔？」

「──我是安全駕駛好嗎？」

我開著向骸借來高機動車──也就是大輪胎大車身的軍用吉普車。

參觀完博物館之後，我請骸借我這輛車開去兜風。

好久沒開車了，開起來跟模仿馬車的魔巨人車又是另一番風味。

我用身體感受引擎的怒吼，轉過髮夾彎。

轉得太猛後輪打滑──抓地力比想像中差，因為底下是石板路嗎？

我偷偷用「理力之手」撐住打滑的車體，享受兜風樂。

「好強啊！開起來跟骸或鎧完全不一樣！」

後座的瑟美黎興高采烈，往前抱住我的脖子。
可惜被座椅擋住，無法享受那幸福的觸感。
「不要把我當成這種自稱安全駕駛的傢伙！我可是亮幌幌的一張金駕照（註：日本優良駕駛會有金色駕照）喔！」
——什麼自稱，過分。
我是想反駁，但是開口可能會咬到舌頭，所以就不管鎧沒禮貌的吶喊。
我在地圖上標出了路線，又用空間魔法「眺望」確認盲區狀況，還用立體圖確認地形，開起車來其實比安裝導航還安全呢。
我也派出術理魔法「自在劍」和「自在盾」粉碎前方的障礙與魔物，殘骸都用「理力之手」收進儲倉裡，應該沒問題。
感覺車速好像有點快，但是既然不到時速一百公里，說我想自殺真是有點傷心啊。
這種速度跟閃驅比起來，簡直是躺著不動啊。

>獲得稱號「飆車客」。
>獲得稱號「黑夜飆仔」。
>獲得稱號「砲彈佬」。

AR顯示的紀錄視窗跳出一些沒禮貌的稱號，有點刺眼，不過我現在心情好，就當沒看見吧。

另外車上只有瑟美黎跟鎧兩位乘客，骸正拿我送他的傳奇魔法金屬做些什麼東西。

鎧之前也是孚魯帝國的技師，但是跟骸這種學者好像不太一樣。

「喔喔，這真是絕景啊。」

「沒錯！落差一公里的瀑布喔？不要靠太近掉下去啦。」

這裡沒有光源，看起來就像地獄深淵。

周圍是天然的水晶洞窟，我來打個光好了。

我使用「操螢光」魔法，讓光源沿著瀑布往下降。

「唔哇啊啊啊！厲害，庫羅真厲害啊！好漂亮啊！」

瑟美黎激動地揪著我的領子猛搖。

雙乳不時撞到我，感覺挺愉快的，但是搖太大力啦。

好吧，這麼奇幻的光景，也難怪瑟美黎會激動。

下次一定要帶同伴們過來玩。

下定決心之後，就前往下個景點。

「——這飄浮在空中的，是史萊姆類的魔物嗎？」

「不是啦，是普通的水。」

我們眼前是個牆壁黑亮的空間，空中飄浮著許多排球大小的水球，彈嫩彈嫩的。

「這裡是無重力房間啊。」

原來如此，不知道什麼機制，總之這房間可以享受無重力狀態就是了。

「別進去喔，這房間是陷阱，會被水分堵住肺泡淹死喔。」

「所以只要閉上嘴再進去就好了吧。」

我贏不了好奇心，跑進去看看。

——喔喔。

這感覺不同於飄浮在高軌道虛空，或者自由落體，真是難以言喻。

像是潛水，但全身感覺不到水。

「嘎啊啊啊！好難過！好難過啊！」

瑟美黎看我這麼開心，好奇地跟進來看，結果呼吸困難。

我跟鎧將喘不過氣的瑟美黎丟進後座，然後前往下一個景點。

多虧了高機動車，地底觀光相當順利。

「這個名勝呢，叫做『天堂園』。」

我們碰到一扇嚴密封鎖的神祕金屬門，打開一看，裡面的小山丘開滿了紅色與淺紫色的花朵。

鎧說這裡是「天堂園」，果然相當漂亮。光源跟迷宮上層的植物區一樣，來自植物的發光根，看起來像光纖。

「不過這是魔芥子的花啦。」

鎧說大概四百年前，有個犯罪公會跟魔族勾結，在這裡種魔芥子。

「可以燒掉嗎？」

我發問，鎧做出「請便請便」的手勢，我就用火魔法「火焰風暴」燒個一乾二淨。

我們靠著高機動車的威力，短時間內逛了迷宮下層不少名勝，也包括剛才那種找麻煩的地方。

「鎧，要去最深處嗎？」

「——啊？那裡只有『太古根魂』吧？」

「它的樹汁很好喝喔？」

「只有瑟美黎會想吸那種東西啦。」

瑟美黎講得自己像隻蟬，被鎧嘲笑。

「才沒有！白姬也喜歡！」

「再說那種碰到東西就發動『搶奪生命』的怪物，是要怎麼喝它的樹汁啊？」

瑟美黎相當堅持，鎧就問了。

記得「搶奪生命」不只會搶走體力，還會搶走一點青春跟等級呢。

「被『搶奪生命』搶走的份，吸樹汁不就吸回來了嗎。」

「只有你們『吸血鬼』辦得到這種事啦。」

瑟美黎被鎧拒絕，顯得有些失望，但我也不想對上那麼危險的對手，所以贊成鎧這邊。

◆

「在那塊大石頭旁邊停車。」

我照鎧的吩咐停車。

這個大區域住著邪龍一家子，除了邪龍之外還有蛇尾雞、火蠍等魔物棲息。

「每次來這裡都臭得受不了。」

瑟美黎邊嘀咕邊下車。

「這是硫磺的臭味嗎？」

「沒錯——可惜你期望要落空，這裡沒溫泉喔。」

果然日本人就會這樣想，不過我已經在中層打造迷宮溫泉，所以沒問題。

「想不到挺熱的。」

聽我這麼一說，鎧似乎從空空的盔甲之中發出賊笑。

我將外套收進道具箱，跟著鎧往前走。

穿過幾道石門之後，溫度愈來愈高。

眼看高溫簡直就像酷暑，瑟美黎脫得像是只剩比基尼，這撩人光景是唯一的心靈滋潤。

「怎麼樣？不賴吧？」

「偶爾熱一下也不錯喔。」

我贊成鎧的意見，繼續跟著走。

「兩個怪人。」

瑟美黎歪頭不懂，但要是被她聽懂就沒得滋潤，所以保密。

鎧當然也不會胡亂開口，如果鎧還有個肉身，我真想帶他去有小姐的店家夜遊。

「前面就是目的地啦。」

穿過最後一道門，總算來到大區域裡面的大空洞。

「怎樣啊庫羅，男子漢的熱情都點火了吧。」

「哎呀，真是絕景啊。」

眼前是蜿蜒在巨岩之間的岩漿流，處處都有不斷噴發的岩漿間歇泉。

之前在南洋旅行的時候造訪炎王的火山島，這裡又是另一種不同光景。

這裡噴發的氣體好像會致命，所以我用「風防」跟「氣體操作」魔法來應付。

岩漿的紅光中浮現出魔物，感覺很有氣氛，之後抓幾隻送給亞里沙她們好了。

可惜邪龍家族在後面的火山裡睡午覺，見不到面。

「喂，庫羅，告訴你一件好事，有龍住在這裡喔。」

鎧像個帶小孩做壞事的大人，竊竊私語。

對，我知道。

「啊哈哈，沒事啦庫羅，這裡的龍總是在岩漿湖的島上睡覺，只要不吵不鬧就沒問題啦！」

我還沒回答，瑟美黎就接話，但是感覺立了旗標。

正常來說這種建議沒什麼問題，但是瑟美黎比波奇跟卡麗娜小姐還糊塗，我覺得她一定會幹什麼蠢事。

「嘖，我還沒看庫羅怕到，不要破哏啊。」

「哼，鎧真是低級。」

瑟美黎雙手扠腰教訓鎧，腰際的曲線真迷人。

我邊欣賞風景邊胡思亂想，鎧走到一塊黃澄澄的岩石區，從道具箱拿出道具。

「好啦，幫個忙吧。」

鎧單手拿著道具對我說。

「是要採礦嗎？」

「不是，是缺硫磺要來補貨。一般礦石，骸可以用泥土來製造，不需要去挖。這裡偶爾會掉火石，有需要的話就仔細找啊。」

喔，火石啊。

我在炎王的火山島拿到很多，是不怎麼需要，但是難得來了，就收集一點吧。

製造軍用火杖跟魔力砲需要火石，所以需求量很大。

「真的掉了很多啊。」

我用地圖畫出範圍，指定標記範圍內的火石來搜尋，結果反應多到眼都花了。

鎖定一定尺寸以上的火石重新再次搜尋——發現附近一座岩漿池底部，有整個人那麼大的巨大火石，堆積如山。

要是走太近，衣服跟鞋子可能會燒掉，我用「透視」跟「理力之手」聯手回收。

岩漿湖的深處好像還有火石的高階版本火晶珠。

瑟美黎用自己的血劍輕鬆砍劈岩石，回收長在岩石上的硫磺。

「喂，庫羅，你靠太近會掉下去喔。」

「別隨便死掉啊！我還得打贏你，收你當手下！」

旁人眼中的我，就像在岩漿旁邊發呆，所以採硫磺的鎧跟瑟美黎警告我。

我向兩人道歉，也一起採硫磺。

岩石縫附近會附著黃色的硫磺，要收集很簡單。我用鐵夾撿拾硫磺裝袋，裝滿一大袋就交給鎧，然後繼續撿。

突然聽到很大的崩裂聲，回頭一看，瑟美黎的表情就是搞砸了。

「對不起，手滑了。」

切硫磺的時候失手，砍開的岩石掉進岩漿裡了。

「——糟啦。」

「我馬上確認。」

瑟美黎將一隻手變成蝙蝠，放上天空。

瑟美黎的耳朵變成蝙蝠耳，抖了兩下。

「果然醒了，往這裡過來啦。」

看來她可以從上空盤旋的蝙蝠接收資訊。

「是小的？」

「不對，大的——」

瑟美黎說到一半，天上冒出巨響與弧形火光，應該是邪龍噴火。

目標是瑟美黎放出的蝙蝠，蝙蝠瞬間變成焦炭飛走。

雷達上的光點有動作，其中一隻邪龍正往這裡過來。

只見遠處岩山後頭，出現一隻紅鱗的邪龍。

「好像不怎麼大喔？」

頭尾長大概五十公尺，邪龍等級高達八十級，但是體型比等級六十八的黑龍要小。

邪龍在種族上算是一種下級龍，或許就是這樣，體型才會比成龍黑龍要小。

「混蛋，這超大的吧！」

「庫羅胡說八道，所以邪龍生氣啦！」

瑟美黎急得指著邪龍說。

邪龍展開翅膀恫嚇我們，一步步踏過岩漿河與岩灘往這裡來，速度還挺快的。

話說回來——

「牠怎麼沒有飛過來？」

「喔，就是啊——」

「之前骸把牠當什麼對空車的砲靶，就變這樣了。」

瑟美黎打斷鎧這麼解釋，口氣有點焦急。

不提這個，原來骸拿飛天龍當對空戰車的砲靶喔？剛才博物館沒看到對空戰車，把高機動車開去還的時候要借看一下。

「喂，不要看呆了，瑟美黎，庫羅，我們開溜啦。」

「對啊，班大人跟骸都不在，要是跟龍對幹會輸喔。」

瑟美黎用相當不錯的速度跑向區域入口，鎧則是鏗鏗鏘鏘地跟在後面。

結果一道紅黑色的身影撥開熱風，掠過我們頭頂，在入口前落地。

「呃！飛過來了啦！」

邪龍被對空戰車打傷的地方可能已經痊癒了，翅膀上沒有破洞。

看來剛才不是飛不起來，而是提防對空戰車才先走過來。

近看像是紅龍，不過仔細看才發現是灰色鱗片反射岩漿的紅光。

「瑟美黎，爭取點時間，我要改搭巨石魔巨人。」

「呃，別逼我啊！」

鎧提出要求，瑟美黎用發抖的聲音抗議。

「那就我上吧。」

我對「下級」龍有點興趣，讓我來爭取時間吧。

『龍啊，吾名庫羅，黑色成龍黑龍的朋友。』

我用腹語術模仿龍的發音，說龍語報上名號。

——GWLORWOOON。

邪龍發出類似黑龍的咆哮，但只是喊喊，聽不懂意思。當然我也沒有獲得新的語言技能。

可惜，看來對話是沒指望了。

瑟美黎在不遠處，學白姬用血液做出雙手大鐮刀。

仔細一看，剛才變成蝙蝠的手已經復原了。

「鎧，快啊！」

瑟美黎很著急，但是鎧沒有回話。

我聽見身後有金屬鏗鏘落地的聲音。

回頭瞥了一眼，鎧身上的鐵甲都掉在地上，附近的岩石好像有靈魂一樣接連滾動聚集起來。

他剛才好像說要「改搭巨石魔巨人」是吧。

——GWLORWOOON。

對我提高警覺，邪龍再次咆哮。

感覺相當幼稚，像是玩弄老鼠的貓。

「我也不想殺牠，該怎麼辦呢——」

就算是不可抗力，我也已經在「龍之谷」殺掉太多龍了。

「——對了。」

我試著把稱號改為「弒龍者」。

可以感覺到邪龍的注意力集中到我身上，剛才悠哉的氣氛轉為仇恨與敵意，直瞪著我。

看來「弒什麼的」稱號會激發對方敵意。

我接著把稱號改為「龍族的災難」。

邪龍的敵意更強了，但是眼中好像有點恐懼。

看來「什麼的災難」稱號會大大激發對方敵意，並且造成恐懼。

接著又把稱號改為「龍族的天敵」。

邪龍開始心神不寧，東張西望想找地方逃。

看來「什麼的天敵」稱號會造成對方強烈恐懼與警戒。

「趁現在！」

瑟美黎衝上去想吸引邪龍注意，結果邪龍隨手一揮把她打到牆上，埋進岩石裡去。正常人已經死了，但是ＡＲ顯示她的體力計量表還沒問題。

邪龍對著瑟美黎撞上的岩壁，準備使出「龍之氣息」。

「你休想～！」

一個渾身岩塊的巨石魔巨人揮拳毆打邪龍。

巨岩魔巨人的名字，就是鎧的本名「武流」。

——ＧＷＬＯＲＷＯＯＯＮ。

邪龍用尾巴掃倒鎧的巨石魔巨人。

巨石魔巨人一招就被打碎，四分五裂掉在地上，不然就是撲通掉進岩漿裡。

不愧是等級八十，威力驚人。

——ＧＷＬＯＲＷＯＯＯＮ。

邪龍這次對著我噴火過來。

——太慢了。

邪龍噴火的速度，就像實際上的火焰噴射器。

燒毀地面，熔化邪龍與我之間的岩石。

我從魔法欄使用「自在盾」擋住噴火。

黑龍噴火只要幾秒鐘就會燒毀我兩面自在盾，但是邪龍噴火好不容易才燒破第一面。

我又從儲倉拿出岩石，砸向邪龍的額頭。

看來邪龍噴火之後會僵直，躲不開而完全命中。

成龍跟下級龍的比對驗證差不多就這樣，打過頭變成我在欺負弱小。

對了，最後把稱號改成「黑龍之友」怎麼樣？

「這是怎樣……」

鎧換回原本的鐵甲，目瞪口呆。

「啊哈哈哈，厲害！庫羅，你好強啊——！」

瑟美黎很快就重生，跟鎧看著一樣的地方笑呵呵。

「庫羅，你幹了啥？」

「商業機密。」

他們都沒想到邪龍竟然會像小狗一樣乖乖趴著。

結果我的稱號又多了「養龍人」跟「龍騎士」。

我現在就把稱號改為龍騎士，騎著邪龍飛天遊覽大空洞。

這一趟飛行之旅的過程當然有用「錄影」跟「錄音」魔法記錄下來，之後給同伴們和雅潔小姐她們看。

「庫羅！你看那邊！人家來歡迎啦！」

邪龍家族從巢穴裡飛出來，瑟美黎對牠們揮手。

「說起來應該是要迎戰的吧？」

看來像長子的邪龍首先撲上來，但是我這邊的大邪龍強太多，閃開長子的噴火之後，一個擺尾就把長子打回老巢去。

其他邪龍就不敢打過來，只是小心翼翼地在我們四周盤旋。

——GWLORWOOOOON。

我們騎的邪龍發出一陣嚎叫，其他邪龍也跟著嚎叫，然後跟在我們後面一起飛。

看來邪龍家族其他成員也選擇服從了。

——GWLORWOOON。

大邪龍載著我們降落在巢穴裡，然後送上巢穴裡的寶物。

難得人家送禮來，我收下黃金珠寶，使用「理力模具」和「火炎爐」加工打造邪龍可以穿戴的王冠和手環等飾品，回送給邪龍一家。

——KWLOLUOOOOON。

——KUULOLUUON。

——KWROLUOOOON。

邪龍們看著身上的飾品，相當陶醉。

龍果然喜歡亮閃閃的東西。

「耶嘿嘿——庫羅，不好意思喔。」

瑟美黎看了非常羨慕，所以我拿些黃金打造成跟邪龍們同款的飾品送她。

鎧看來有些落寞，我又拿剩下的黃金，幫鎧的盔甲加上金邊雕花。

「嗚嘿嘿，怎麼樣？有沒有時髦？」

「有喔！鎧很有派頭喔！」

看來鎧跟瑟美黎很滿意。

在邪龍家族跟兩位朋友歡天喜地的時候，我使用地圖搜尋搭配「透視」與「理力之手」連段，把巢穴周圍岩漿底下的火焰系稀有材料（火石跟火晶珠），以及掉在巢穴裡的龍鱗、龍爪、龍牙碎片等等一件不剩地全都收集起來。

「好了，差不多該告辭啦。」

邪龍家族目送我們離開大區域。

◆

我們離開邪龍大區域之後，瑟美黎說「去找唯佳一趟」就改變路線了。

唯佳，好像是迷宮下層另外一個轉生者的名字。

見這個唯佳沒什麼不好，而且後照鏡裡的瑟美黎震得彈跳連連，實在養眼，怎麼好意思拒絕呢。

鎧當然也不反對。

「在這裡停車，要是弄壞花園，唯佳會生氣喔。」

「了解。」

「我在這裡等，你們兩個去就好。」

「怎麼？鎧你不去喔？」

「如果是小的唯佳，又要把她嚇哭了。」

哥布林唯佳小姐有小孩嗎？

我還以為她是個家裡蹲的內向單身女子呢。

「如果有小朋友，我是不是準備個點心比較好？」

「嗯？唯佳不是小朋友啊，不過甜點她應該喜歡。你下次準備，我再帶你來。」

哎呀？有點雞同鴨講。

「她沒有小孩嗎？」

「沒有啊？班大人說唯佳有點像什麼『多種仁哥』啦。」

「跟多重人格不一樣，唯佳碰到無法忍受的傷心事，就會用獨特技能拋棄舊人格，創造新人格來換班。聽起來有點像漫畫，不過都是真的。」

聽說舊人格就像背後靈，只能旁觀。

瑟美黎說唯佳的主人格一旦睡著或昏倒，背後靈就會附體掌權。

以前看過的動漫畫名作常有這種設定。

就某方面來說，唯佳等於是自己一個，做到波爾艾南森林高等精靈們透過世界樹所做的事。

我們兩個讓鎧留守，走向花園，天花板發出微微的光。

我當然不想踩壞這五顏六色的繽紛，所以一手扛著瑟美黎，用天驅貼地飛行。

「庫羅，那裡有紫色花種成六角星的圖案對吧？降落在正中央就好。」

我照瑟美黎的指示落地。

看來，這附近應該有類似骸的博物館那種地區吧。

「那，我們要從哪裡進去？」

「進不去，你等等。」

瑟美黎大吸一口氣，我立刻摀住耳朵。

果然她接著大吼：「唯佳！」吵死了。

這一叫好像是對講機，六角星花圈發出光芒，光芒中浮現六扇半透明的門。

門上寫著地球文字，其中五扇門寫著「沒中」「下地獄」「陷阱喔」「不能進來」「ＤＥＡＴＨ」。

最後一扇門是「歡迎啦」。

我個人感覺應該全都是陷阱啦……不過我的「察覺危機」技能跟「發現陷阱」技能表示只有「歡迎啦」這扇門是安全的。

「嗯，我記得這個才對！」

瑟美黎胸有成竹地選了「下地獄」這扇門。

她正要過門，我就拉住她的領子。

「幹什麼！」

「那是錯的。」

「你怎麼知道？」

我沒回答，只是帶著瑟美黎穿過「歡迎啦」的門。

「喔喔！真的答對了！庫羅厲害喔！」

瑟美黎歡天喜地，我問她之前都怎麼過門，她說她會試到成功為止。

失敗了就霧化或變成蝙蝠逃走，再來一次。

死不了的吸血鬼確實可以用這種試錯方法。

「平常我大概第四次就會選對了說。」瑟美黎有點莫名地不甘心。

「她不會出來應門嗎？」

「唯佳是『家蹲尼特』，她說死都不會出門。」

先不管家裡蹲的部分，這已經不是尼特，而是隱士了吧。

不提這個，門後面果然跟骸的博物館一樣，是「沒有地圖的區域」。

使用探索全地圖檢查這個區域，除了我們之外沒有別人。

「這裡沒有人啊？」

「對啊，唯佳膽子小，這門還要選八次才會找到她。」

不愧是家裡蹲，小心謹慎。

如果全都用猜的，機率是六的九次方之一——大概千萬分之一吧？

我們總共過了九次門，終於來到唯佳所居住的空間。

這裡有農田和竹林，以及一棟日本民房。

民房旁邊的外廊面對中庭，庭園裡有雞在啄米，屋簷下吊著洋蔥和白蘿蔔。

真是個適合慢活的光景。

怎麼說呢，感覺就像日本古時候鄉村的田園造景。

這裡與地表的時間似乎不同，天上看不到太陽之類的光源，但是亮如白晝。

「那就是唯佳她家，她平常都在在田裡，不知道跑哪裡去了？」

瑟美黎東張西望，我趁機使用「探索全地圖」魔法獲得唯佳的情報。

骸說的沒錯，唯佳的種族是「小鬼人族」，本來希望會不會是高等哥布林這種高階種族，看來挺普通的。

然後「小鬼人族」不是一般奇幻作品裡面常見的「妖魔」，而是跟精靈們一樣都屬於「妖精族」，一樣很長命。所以唯佳的年紀大概在骸跟班之間，歲數很大。

她這個家裡蹲也有名符其實的「隱者」稱號，這可以不用管。

意外的是她等級只有五十級，有些「烹飪」「生活魔法」等日常類技能，但是她的獨特技能非常沒道理。

包括創造這個空間的「庭園造景」在內共有十五項——竟然比狗頭多了快一倍。

這個通膨也太過分了。

我默默在心中咒罵這個世界的眾神。

「對了，唯佳她膽子小，不要胡亂動作嚇到她喔。我第一次跟她見面，就是嚇到她，結果被丟到深淵裡面壓扁扁，費了好大功夫才逃出來喔！」

壓扁扁還能復原重生，真羨慕。

「可是怎麼找不到呢～」

瑟美黎找到膩了，嘀咕一聲之後又深吸一口氣。

「唯佳～！我來啦！唯佳～～！」

瑟美黎放聲大吼。

沒多久，我的順風耳技能聽到日本民房裡面傳來窸窸窣窣的聲音。

瑟美黎也聽到聲音，就停止喊叫走向日本民房。

「瑟美黎？我做了好吃的醃蘿蔔，妳拿回去給班哥哥吧。」

「嗯，醃蘿蔔不行啦，班大人的美貌會泛黃啦。」

唯佳拉開紙門出來對瑟美黎說話，口氣意外地稚嫩。

——是個美少女？

肌膚雪白透亮，一頭淺紫色的秀髮直達地面，簡直像絲絹般柔滑。

她是沒有露露那麼美，但足以匹敵亞里沙跟蜜雅。

耳朵就像精靈一樣微尖，額頭兩旁靠近太陽穴的地方長著兩隻小短角，除此之外與人類

別無二致。身材纖瘦矮小，跟精靈們一樣缺乏起伏。

這麼說來，在穆諾男爵領碰到的狗頭人，以及歐尤果克公爵領公都地底碰到的半獸人，都跟這個女哥布林一樣，長得很像人類或精靈。

從紙門裡出來的她，乍看之下穿著跟日本民房很搭的和服，但仔細一看，這和服下襬修成迷你裙款式，搭配膝上襪，絕對領域迷看了肯定受不了。

「哎喲，這是日本的媽媽味，班哥哥一定也——」

唯佳紅色的眼睛看到了我。

看來她總算發現我的存在，一定是瑟美黎的氣勢太強，才一時沒有發現到我。

唯佳突然露出開心的表情，可是笑容就這麼僵住了。

——哎呀？我沒聽說她有討厭男性的問題吧？

她嘴唇動了動，看起來好像是說「一郎」。

但是我耳朵聽見的卻是——

「呀啊啊啊啊啊啊啊！」

——是唯佳像看到妖怪一樣的慘叫。

最強的轉生者

「我是佐藤。記得我看過古典兒童文學，裡面描述的哥布林不是怪物，而是喜歡惡作劇的妖精，讓我吃了一驚。哥布林現在的形象，是不是受到電玩的影響呢？」

「別過來～～！」

唯佳看到我就慘叫，渾身閃過幾道紫色光芒。

——不妙。

那些紫光是發動獨特技能的前兆。

我的察覺危機技能發出前所未有的強大反應。

「呃，唯佳？」

我聽見瑟美黎焦急的聲音。

「冷靜點！我沒有對妳——」

話才說到一半，我就發現唯佳身邊浮現許多小黑點。

——不妙。

還沒仔細想，我就用縮地迅速拉開距離。

數不清的黑點浮現出來，然後聚集成彈珠大小的黑球，像子彈一樣全都往我打過來。

——慘了慘了慘了。

超高速的漆黑子彈飛來，我連續使用縮地閃躲。

「嘎咿咿——」

瑟美黎慘叫突然消失了。

來不及逃跑的瑟美黎一碰到漆黑子彈，就被吸進小小的子彈裡消失無蹤。

「——真假？」

看瑟美黎這樣消失，我心裡有個底，ＡＲ顯示也告訴我那些黑色子彈就是模擬微型黑洞。

要是稍微晚點使用縮地，我肯定會跟瑟美黎一起被吞沒。

我真的不想用肉身掉進黑洞裡啊。

剛才瑟美黎說的「掉進深淵壓扁扁」應該就是指這個黑洞彈吧。

既然上次她平安復活了，那麼在狀況穩定下來之前，就先別想她啦。

等等她八成會找我抱怨，不過我想只要送點好吃的或送把魔劍，她應該會原諒我。

「唔哇啊啊啊！」

唯佳發射的黑洞彈愈來愈多。

我一邊用縮地閃躲，一邊使出「自在盾」想擋住黑洞彈，可是自在盾瞬間就千瘡百孔，然後跟瑟美黎一樣被吸收消失。

看來自在盾不管疊幾面都擋不住黑洞彈了。

我想用新咒語「綁人草」阻止她的行動，但是她手一揮就把草給打散。

「打中啊～～！」

不知道為什麼，唯佳似乎陷入恐慌了。

幸好她恐慌，打得才不準，黑洞彈都是瞄準我當下的位置發射，只要使用縮地就能輕鬆閃開。

我閃開的子彈打中地面就會形成大凹坑，田地與民房也接連被吞沒。

我不太清楚黑洞的原理，但是看到黑洞彈吞噬一定質量之後就消失，也鬆了口氣。

明明我印象中的黑洞，是會無限吸收物質，無限擴大規模。

「唯佳！」

我試著跟她溝通，但是漆黑子彈發射的噪音蓋過我的聲音。

我一直用空間魔法「遠話」要喊她，但是這個魔法就跟電話一樣，對方拒接就接不通。

希望有個上級空間魔法「強制遠話」。

——劈啪。

聽到這個聲音，唯佳的造景世界開始出現裂痕。

「這樣下去不行。」

我一邊躲開打來的黑洞彈，一邊用術理魔法「魔法破壞」試著解除它。

「好像可以解除啦——」

我的「魔法破壞」只能解除一定範圍的黑洞。

可惜，對方生產子彈的速度比我快。

如果對方是魔王，我可以用中級攻擊魔法「光線」跟「爆縮」先發制人，但是不能用這些來對付苦命美少女。

「彈藥也不會用光啊……」

正常來說魔力應該要耗盡了，但是ＡＲ顯示她的魔力量會鎖定在一個數值上上下下。

應該是因為她的獨特技能「魔力循環」「魔力井」可以提升魔力功率，增加魔力供應，再加上獨特技能「無限循環」來保證她能連發黑洞彈。

「唔哇啊啊啊啊啊啊！」

唯佳身上又閃出紫色光芒。

看來又想搞鬼了。

——這個作弊姊。

到底打算同時發動幾個獨特技能啊？

不對，那不是重點。

她這麼胡來，「魂器」沒問題嗎？

真擔心她會不會變魔王。

得早點阻止她的恐慌才行。

「我看快點逃比較好喔。」

當我焦急的時候，耳邊聽到瑟美黎的聲音。

往聲音來源瞥一眼，發現我肩膀上有隻綠豆大的小蝙蝠。

就只有臉是瑟美黎。

看來吸血妃的命比想像中硬。

「庫羅。」

迷你瑟美黎又喊了我一聲，用蝙蝠翅膀前端指著某個方向。

「唯佳的世界——」

只見那個方向出現裂痕，寬度足以把造景世界一分為二。

「——要壞了。」

瑟美黎才說完，造景世界就像玻璃般碎裂，把我們拋到一個漫天花瓣的地方。

「這裡是——」

場面變了一時看不出來，原來這裡就是有門通往唯佳空間的那個大花園。

唯佳站在漫天飛舞的花瓣之中。

長髮隨風飄逸，看不清她的表情。

——對了！

我從魔法欄使用「櫻吹雪」。

「……櫻花？」

櫻花滿天擋住視線，也讓唯佳分心

——有機會！

我趁著櫻吹雪使出縮地，闖進唯佳懷裡。

闖進去之後使出一掌想把她打暈，卻被堅固的魔力牆給擋住。

應該是她的獨特技能「自動防禦」的效果。

這個手感有點熟悉。

很接近娜娜裝備上的「堡壘防禦」功能。

——那就有弱點了。

我用手心輕碰唯佳的魔力牆，身子一轉，打下一個力勁。

打進去的同時用純粹的大把魔力追打下去。

V獲得技能「通背掌」。

V獲得技能「魔力擊」。

「喀哈！」

唯佳悶哼一聲，四肢無力。

我本來不抱希望，但是證明我猜得沒錯，成功打暈了唯佳。

◆

——我聽到啪的聲音。

纖瘦的唯佳倒下，我抓住她的手。

——聲音哪來的？

唯佳像玩偶一樣虛脫倒下，我拉住她一隻手，伸出另一手撐住她的身子。

——嘶。

好像聽到小小的聲音。

眼角瞥見她的衣帶鬆開了。

衣帶束著的和服也就回歸自由，輕飄飄地隨風飄蕩。

飛舞的櫻花花瓣配上雪白的肌膚，簡直如夢似幻，看得我出了神。

不過這樣欣賞下去也不太好，所以我很紳士地避開了那缺乏起伏的部分。

衣帶輕輕落地的聲音，重新啟動了凍結的時光。

暈倒的唯佳，突然又瞪大眼睛。

「你這個死色鬼～～！」

她大喊一聲揮出拳頭，我及時閃開。

這麼凶猛，跟剛才簡直判若兩人。

瑟美黎好像說過，她只要暈倒就會讓舊人格冒出來喔。

然後瑟美黎到哪去了？

剛才抓在我肩膀上的瑟美黎不見蹤影。

應該是造景世界崩潰的時候走散了。

「別想躲～～！」

唯佳身上閃過紫色光波，揮來的拳頭跟剛才簡直沒得比。

這應該是獨特技能「霸拳無雙」，但請不要隨便連打好嗎？

真是，妳這樣亂用獨特技能，要是變魔王了怎麼辦？

名符其實一招斃命的拳頭，足以打碎岩石，還不斷打過來，我用「預判：對人戰」技能躲開。

——哎呀？

唯佳剛才等級只有五十，現在變成五十五，而那些家政類技能也有一半變成格鬥類技能了。

我還以為只有人格會換，想不到等級跟技能也會變。

仔細一看，稱號從「隱者」變成「拳王」了。

——不過她也該發現了吧。

我跟她拉開一點距離，然後用手指從自己的胸口劃到丹田給她看。

唯佳看了我的動作，低頭看胸口。

唯佳雪白的臉蛋突然變得通紅。

如果這是漫畫，她應該會頭殼冒煙。

唯佳連忙將上空的胸口與下半身的底褲給遮住。

「咕唔唔唔……」

她羞得橫眉豎目，一手按著胸前的衣服，不甘心地呻吟。

好，這下總算阻止她的行動，試著溝通看看吧。

「拿去用。」

我從道具箱裡拿出一件長斗篷，丟給唯佳。

斗篷飄著飄著，蓋住唯佳的身子。

「哼哼哼哼……」

斗篷底下傳出唯佳的輕笑。

唰的一聲，斗篷被掀開來。

底下的唯佳換了一套與剛才不同的黑禮服。

也就是所謂哥德蘿莉的禮服。

襯托出她雪白的肌膚與淺紫色的頭髮。

她原本紅色的眼睛，變成了紅藍雙色的鴛鴦眼。

而且唯佳的等級又變了，稍降一些變成五十二級，格鬥類技能也變成以闇魔法為首的魔法戰士技能組。

「……嘿嘿嘿。」

唯佳用一隻手掌摀住臉，低頭繼續笑著。

——難道是魔王化的徵兆？

唯佳緩緩抬頭，眼睛在指縫間發光。

精悍的眼神像要刺穿我一樣緊盯不放。

「哈——哈哈哈哈！」

最後她仰天長笑了。

——竟然是三段笑？

妳是知名格鬥遊戲裡的視覺系格鬥家嗎！

唯佳發現我嚇到，把摀臉的手直指著我，報上名號。

「我乃受虐的黑暗後裔，天魔巫女，小鬼人族最後的王家人。」

然後她換個姿勢，頓了一下。

「名為佛露妮絲·拉·貝爾·菲優！眾人敬畏，稱我『漆黑美姫Dark la Princesse』！」

……原來是中二病的人喔。

然後麻煩不要把法文跟英文混著說好嗎？從語法來看好像還混了德文？

糾正她可能會更麻煩，就順她的意吧。

「幸會，『漆黑美姬』佛露妮絲．拉．貝爾．菲優閣下，我是班與骸的朋友，名叫庫羅。」

我報上名號，中二病唯佳嗤之以鼻。

「班和骸的朋友？有勇者稱號之人，竟敢妄稱黑暗同胞之友！」

她那隻紅色眼睛冒出火焰幻影，顯得相當激動。

「——勇者？」

「裝蒜也沒用！面對神明賜我的威能，什麼事情也瞞不住！」

唯佳得意大喊。

看來她能看見我沒顯示的稱號。

我沒看到有那種感覺的獨特技能，搞不好是那個看起來很像攻擊系魔眼，叫做「神破照身」的？

「哼，假名大放送是吧。特里斯梅吉斯特，米開朗基羅，越後屋，一郎，赫菲斯托斯——你想假裝多少名人？」

哪有，裡面有個是本名啊，不過確實有個名人叫一朗啦。

而且說到假名，中二病唯佳還不是一樣。

「唯佳（yuika），妳還敢說別人？」

「那、那是隱瞞天下的真名！受眾神詛咒的『唯一神（yuika）』此名不可妄稱！我名為佛露妮絲．拉．貝爾．菲優！」

糟糕，我本來很小心的，卻粗心吐槽了。

但是她的狀態欄沒有什麼「眾神詛咒」或異常狀態，這也是「自稱」嗎？

是說有些詛咒不會顯示異常狀態，或許是真的有吧。

「我乃葬送萬千魔王與勇者之最強魔法戰士！世代更迭，等級只剩往年一半，但我來告訴你，等級差並非關鍵的戰力差！」

少來，等級差六倍應該是很「關鍵」的喔。

根據我看著家裡小孩成長的經驗，要跟相差十級的對手交戰，就已經是極限了。

一旦相差二十級，又沒有裝備或技能組的強大優勢，根本無法打下去。

——嗯？

唯佳雙手張開，後方發出漣漪般的光波。

是什麼獨特技能嗎——

「唉唷喂！」

光波中冒出比電線桿還粗的棒狀東西，以驚人速度往我撲來。

我使出縮地閃開。

那是藤蔓。

藤蔓與我擦身而過，沒有放慢，直接鑽進迷宮的地底。

「這是——」

藤蔓表面出現AR標示，我才知道這就是住在迷宮最深處，等級九十九的「太古根魂」。

藤蔓所到之處，岩石粉碎，花草迅速凋零。

應該是「太古根魂」的種族特有能力「超震動」和「搶奪生命」吧。特有能力還包括「再生」「裝死」「創造眷屬」等等。

我腦中想起公都的大怪魚事件，夏洛利克三王子就是被「搶奪生命」，結果等級降低，人也老化了。

「要是直接碰到，『搶奪生命』應該會害我降級喔。」

我在嘀咕的時候，又有藤蔓頭從地面冒出來。

藤蔓直往我撞來。

要是被撞到肯定很痛。

我從魔法欄選擇光魔法「光線」射向要撞我的藤蔓。

雷射光打中藤蔓表面，燒出劇烈火花，看來藤蔓表面覆蓋著一層魔力牆。

我用縮地閃開衝撞的藤蔓，同時側眼觀察藤蔓。

藤蔓表面已經碳化，代表雷射確實有打中。

只見藤蔓在空中繞了一圈，改從上往下砸。

我用縮地閃開，又看到頭痛的景象。

地上愈來愈多光波漣漪，就好像下雨天的水塘一樣。

每一道漣漪都衝出藤蔓，鋪天蓋地向我打來。

——察覺危機。

不是正面的藤蔓雨。

我用縮地往後一跳，漆黑子彈就劃過我眼前。這是唯佳的黑洞彈。

回頭看看唯佳，發現她正被藤蔓追著跑。

唯佳看到藤蔓撲來，就用手刀發出紫光劍氣劈開，打得氣喘吁吁。

「這不是妳叫出來的召喚獸嗎？」

我有點疑惑，一邊閃躲藤蔓雨一邊問唯佳。

「我才沒有這麼下流的僕從！」

唯佳大喊。

看來召喚「太古根魂」的光波漣漪，不是她幹的好事。
只見唯佳砍斷的藤蔓化為魔獸，繼續攻擊她。
「那是誰？」
我反問唯佳，同時一手五指產生魔刃，發射魔刃砲消滅藤蔓魔獸。
「～～『迷宮之主』啦！」
唯佳看著藤蔓魔獸的殘骸大喊。
我必須閃躲大量的藤蔓雨，唯佳說到了「迷宮之主」的名字，我卻沒有聽見。
「那個笨蛋不用腦，才會叫出這傢伙想幫我忙吧。」
「妳不是也挨打了嗎？」
「所以才說不用腦啊！」
原來如此，難怪有幾成的藤蔓雨正在追打唯佳。
「混帳！」
唯佳用黑洞彈迎擊藤蔓，穿過子彈的藤蔓就用紫光劍燒成焦炭。
要是還躲不過，就用獨特技能「霸拳無雙」擋開。
應該不能說是擋開，是踢打之後靠反作用力躲開吧？
就算有獨特技能，這對手等級也高了快五十級的強敵，唯佳竟然能打得這麼順，出乎意料。

「好驚人的身手啊。」

我一邊稱讚唯佳，一邊用「爆裂」跟「爆縮」炸爛藤蔓，破碎藤蔓所形成的藤蔓魔獸就用「火焰暴風」和「冰雪暴風」殲滅掉。

「哼，你說起來一點誇獎的意思都沒有！」

唯佳嘴上這麼說，還是揚起嘴角繼續消滅藤蔓。

就好像要跟我比賽一樣。

「都不會少啊……」

我們一直很快地消滅藤蔓，但是地上不斷出現新漣漪補充，被燒焦的藤蔓又會重生打過來，怎麼打都不會少。以等級九十九來說，「太古根魂」真是麻煩的敵手。

仔細看看冒出藤蔓的漣漪，發現漣漪中心有類似魔法陣的幾何圖案，我就知道不是魔法陣在發光，而是魔法陣扭曲空間，另一頭的光線穿了過來。

我想用術理魔法的「魔法破壞」來破壞漣漪，但是破壞一個就會新增兩個，所以我半途就放棄攻擊漣漪。

「這些只是末梢。」

本體離這裡的直線距離有好幾公里，從這裡發動攻擊不太容易。

「乾脆我們主動出擊？」

「沒這個必要。」

唯佳調整好呼吸，跟我背靠背交談。

我背後的唯佳，眼前出現一個超巨大漣漪，裡面冒出了敵方本體，像是顆藤蔓結成的球。

「看來它要自投羅網啦。」

我這麼說，使出消滅大怪魚的「聚光」加「光線」連段。

超大口徑雷射散發臭氧味，縱橫兩刀切斷巨大的藤蔓球。

ＡＲ顯示「太古根魂」的體力計量表歸零。

「幹掉了？」

「骸跟班說過，那是會無限重生的妖怪，不過這超常的火力應該幹得掉——」

我們眼前燒成焦炭的殘骸，又長出新的藤蔓打過來。

「好像不行喔。」

歸零的體力計量表已經恢復到一半，而且還以驚人速度繼續恢復。

我記得ＡＲ顯示它有個種族特有能力叫做「再生」喔。

「好強啊……」

「以前骸跟班找上『迷宮之主』跟黃衣，想做個『可以殺神的魔物』，亂改一通就變這樣了。」

唯佳說了頭痛地嘆氣。

「那有殺到神嗎？」

「當然不可能啊。就算試錯了三百年，頂多也只能打倒『神之使徒』。神可以從天界下放災禍到人界，怎麼打得贏？」

看來神明挺強的。

之前被流星雨給打死，我還以為神只比魔王強一點點，看來基本上不一樣。

「庫羅，來打第二回合吧。」

「是啊，佛露妮絲。」

唯佳不喜歡我叫她唯佳，那就叫她的中二病名字吧。

跟剛才用一樣的招數就沒看頭了。

前半段唯佳衝鋒打頭陣，我專心輔助，她打完一輪後退的時候，我就試著進攻。

用魔法打不出個結果，所以我使出連段，用加速陣發射過度填充魔力的聖彈。

一聲巨響，「太古根魂」本體被打穿個大洞。

威力太強，「太古根魂」後方大空洞的牆壁也被打出個大洞。

跟狗頭對決的場地是沙漠，我沒有想太多，但是現在的威力跟打豬王那時候差多了。

「剛、剛才那招是什麼東西啊！」

「壓箱寶。」

唯佳大吃一驚，我拋個媚眼回答。

但是我從容的表情，看到嫩綠藤蔓撞破焦炭外皮冒出來就冷掉了。

「沒用嗎？」

過度填充魔力的聖彈足以打倒魔王，竟然還宰不了它……

看來我太小看質量差了。

「這傢伙就像群生體，如果沒有同時全滅，就會重生。」

「那就試著破壞殆盡吧——」

我大概還剩三百發聖彈，試著打個十發看看。

一陣藍光彈雨過去，「太古根魂」燒成焦炭，大空洞裡滿是焦炭的黑煙，以及岩石蒸發出來的危險氣體。

「你這不用腦的蠢蛋！怎麼可以在密閉空間裡亂來！」

唯佳跑到我旁邊大吼。

「要是把迷宮打塌了怎麼辦！」

我想說她太誇張了，但是地圖開來看看，地形真的亂七八糟。

看來再打下去，她的擔憂就要成真了。

「這樣打得死嗎？」

唯佳問我。

眼前伸手不見五指，但是地圖情報顯示「太古根魂」的體力歸零了。

「應該行——」

話還沒說完，我就發現「太古根魂」的體力跟剛才一樣復原了。

我用「風壓」魔法吹走大氣中的粉塵，看清楚狀況。

焦炭裡冒出了翠綠的藤蔓。

看來它跟魔王一樣耐打。

我從儲倉裡拿出聖彈放在手上。

「看來第三回合開打啦。」

「——等等。」

唯佳阻止我。

「你真的想打場迷宮嗎！」

我想起剛才看到地圖上的慘狀，立刻住手，攻擊力太高也是問題。

如果它體積再小一點，我就可以帶著它轉移到沙漠去，但是現在這種質量，實在無法轉移。

就算硬是轉移部分過去，地底殘留的根還是會重生，又得從頭來過。

「庫羅！」

唯佳喊我一聲。

「如果把它帶離這裡，你有沒有信心打贏？」

「當然可以。」

唯佳眼神嚴肅地問我，我胸有成竹回答。

「那就幫我爭取時間！我來安排最好的舞台！」

唯佳得意地笑，我也微笑以對，然後迎戰「太古根魂」。

爆裂、爆縮、火焰暴風、冰雪暴風、電擊暴風。

我用好幾種中級攻擊魔法來消磨「太古根魂」。

打到一半感覺單純的攻擊魔法有點膩了，就試著用最近拿到的「綁人草」「割草」「捲草」等魔法。

「——喔，有用呢。」

術理魔法「割草」的威力還不如一發「光線」，但是可以用土魔法「綁人草」讓藤蔓糾結在一起，或者用「捲草」把藤蔓魔獸的腳扯裂成細絲，讓魔獸無法行動，非常適合爭取時間。

我好幾次耗盡魔力，但是可以從儲倉拿出填充過魔力的聖劍電池補充魔力，所以沒問題。

我就這麼一邊保護唯佳，一邊爭取時間。

打著打著，也看到大空洞的牆壁上閃過好幾次紫光，縱橫都有。

「庫羅，久等啦！」

我聽到唯佳這樣喊。

「上吧！好好看著漆黑美姬佛露妮絲．拉．貝爾．菲優的高強本領！『庭園造景』！」

世界突然變成白紫相間。

下一秒，眼前變化為無邊無際的天空與草原。

「——這、這是？」

這個世界，比唯佳隱居的日本民房空間，以及骸的博物館白色空間，都要大上許多。

我連忙打開地圖來看，只顯示「沒有地圖的空間」，但不知道有多寬廣。

「這個世界乃我所創造，專屬我一人，超越禁咒『異界』的獨立小世界！」

「厲害啊……」

簡直就是童話故事裡會出現的魔法。

不對，甚至是——

「難道妳就是神，創造神嗎？」

「不是，我只是個獲得『神之碎片』的小姑娘。」

唯佳否認我的問題。

「這空間還不到一顆行星大小，頂多一個國家——但是，有這些就——」

「對，沒問題。」

我揚起嘴角回答。

眼看太古根魂跟我們一起來到這個世界，正在草地上蠕動挖掘，把大部分身體藏在土裡。

「要從地底拉出來？」

「妳辦得到？」

「小事一樁——」

唯佳手一揮，「太古根魂」周遭的泥土就開始往上「掉落」。

應該是用了重力魔法吧。

「太古根魂」試圖用藤蔓抓緊地面，但是連地面都被扯上天。

「——這撐不了太久，三十秒收拾掉。」

「用不了那麼久。」

我用「理力之手」將過度填充魔力的聖彈放在空中，排起數不清的加速陣形成虛擬砲身，用來發射聖彈。

「太古根魂」在耀眼的藍雨之中掙扎，然後逐漸被打爛。

唯佳的小世界裡充滿了爆響、閃光與震動，「太古根魂」慢慢從小世界中消失。

「好驚人的威力啊……」

唯佳解除重力魔法後自言自語，嚇得聲音微微發抖。

這個世界就像日本民房的小世界一樣，在我的聖彈大轟炸之下產生裂痕。

「謹慎點，回去之前先消毒吧。」

唯佳說了，指尖噴出紫色煙霧。

煙霧化為蝴蝶，將飄浮在空中的「太古根魂」炭灰消滅殆盡。

◆

「身具多名的無名勇者！我再問你一次！」

我們從小世界回到迷宮之後，唯佳就追問我。

而且莫名發出紫光，準備要開打的樣子。

「你目的為何！」

——目的？

應該是問我為什麼要造訪唯佳的住處吧。

「是陪瑟美黎走一趟，跟『前』同鄉的女孩打個招呼罷了。」

「什麼？你這勇者竟然不是來討伐我？」

唯佳聽了鬆口氣。

剛剛才並肩作戰，看來她以為接下來就要跟我打了。

「如果不會危害我家小朋友們，就算是魔王，我不會話都不說就開打啊。」

其實就算是狗頭，只要不打算殺害賽拉跟巫女長們，我們應該也不會為敵吧。

「——難以置信，我的技能表示你說的是真話……」

唯佳無言以對，解除架勢，渾身紫色的微光也消失了。

呼，這下算是告一段落了吧？

——不對，還有一件事。

「佛露妮絲，之前妳提到創造『太古根魂』的成員裡面有個『黃衣』，妳認識這人？」

「你為何想知道？」

我這麼一問，唯佳皺起眉頭。

「因為我最近常聽到這名字——」

我猶豫片刻，又接著說下去。

「——果然是，黃色皮膚的上級魔族？」

「怎麼，你知道啊？」

唯佳表示肯定。

「你們有交情？」

如果是這樣，我得重新考慮跟迷宮下層的轉生者們保持距離。

「胡說八道，最後一次碰面，是研發『太古根魂』的時候他自己跑過來。」

唯佳說得氣呼呼。

「庫羅，聽老人家一句勸——千萬別信任魔族。轉生者在他們眼中不過是『魔王蛋』，只會甜言蜜語打關係，跟惡魔沒兩樣。」

唯佳說得充滿厭惡。

「那你們還跟這種傢伙一起研發魔物——」

「都是骸的研發碰到瓶頸，魔族才有機可乘啊。」

唯佳又接著說：「你可千萬別讓魔族有機可乘了。」

「謝謝，我會銘記在心。」

我感謝唯佳的忠告。

我這個人的心智還留著很多日本文化上的破綻，往後就保持搜尋並消滅魔族的方向吧。

◆

「久違啦唯佳——不對，這長相是佛露妮絲吧。」

「嗯，我的同胞，黑暗貴公子真祖班，看你硬朗也是喜事一樁。」

我跟唯佳和解之後，找回躲起來的鎧，以及一時失散的瑟美黎，前往唯佳照護人骸的城堡。但是當時聊到某樣美食，結果全都跑到真祖的城堡來了。

瑟美黎說「不能讓班大人見到我這麼難堪」就跑掉，所以不在現場。

「骸跟鎧是不如佛露妮絲那麼家裡蹲，不過也算是稀客啊。」

真祖看看我們一行人，然後看看我希望有個解釋。

「這又是怎麼一個狀況——」

「我的同胞，黑暗貴公子真祖班，聽著！」

真祖說到一半，唯佳突然大喊。

當然要有中二病的規矩，用力掀起她的斗篷。

「竟然打斷我說話，就算是小鬼人族最後的公主一樣——」

真祖跟著唯佳一起玩，罵起人來廢話超多。

但是唯佳揮舞手上的手杖，又打斷真祖說話。

「哼哼，一旦聽說我找到了『失傳三祕寶』的其中之一，你還敢這麼大口氣？」

真祖一聽，目瞪口呆。

唯佳看了這樣的真祖，揚起嘴角。

感覺還頗帥氣的。

不過唯佳手上拿的並不是什麼手杖，而是一支金太郎糖，帥不太起來，反而有點遺憾。

不過也是我聽說她喜歡甜食，才會送她金太郎糖啦。

「難不成！」

「如你所料！」

唯佳以誇張的動作打開道具箱。

「看！奇蹟下凡哪！」

唯佳拿出一片切成扇形的——

「真、真的披薩……」

「不、不行，這是庫羅給我的！」

真祖錯愕地伸出手來，唯佳敏捷地往後跳開。

而且深怕被人拿走，立刻將披薩收回道具箱。

我的儲倉裡原本收著那一片披薩當消夜。要是涼了就不好吃，請趁熱吃喔。

「庫羅，這是怎麼回事？」

真祖雙眼圓瞪，上前逼問我。

「難、難道你發現了番茄？」

真祖逼問我的臉龐還是莫名俊美，我把他推回去。

「對啊，希嘉王國東部的小農村有人栽種。」

他力氣好大，不要把吸血鬼的蠻力用在這種地方好嗎？

如果碰到等級低的人，已經受重傷了。

「什麼！那一帶的土地，我已經探尋多年了啊……」

那一帶有許多來自東方各國的移民，真祖去找的時候可能還沒有人種番茄吧。

「我手上是還有番茄，你要嗎？」

「什麼！」

真祖急忙要拿珍貴的血珠跟我換，我攔住他，給他一籃子番茄跟做起來放的一壺番茄醬。

番茄產地是普塔鎮，只要用「歸還轉移」魔法搭配閃驅技能，眨個眼就會到，所以大方一點沒關係。

我還送了真祖一點番茄種子。

「這是種子？」

「如果有種苗會更好，可惜手邊沒有。」

我的儲倉裡面不能收藏長了根的植物啊。

「無妨，從種子開始栽種即可。」

真祖信心十足，喊來在後方待命的中年侍女長。

侍女長應該是常夜城裡看來最老氣的人了。

「種這番茄，第一優先。」

「遵命。」

看來耕種是交給別人處理。

「那我們也用土魔法來幫忙吧。」

「土壤要多準備個幾種——庫羅，番茄要種在什麼土裡？」

吸血妃們聽到真祖說「第一優先」就說要幫忙侍女長。

我想要種植未知的植物一定很困難，所以把寫了種番茄的方法的紙給她們。

這是我在南洋拉庫恩島開墾番茄田的時候，從普塔鎮取得的知識。

順便畫張前往普塔鎮的簡單地圖吧。

「——我們這就去安排。」

「嗯，等妳們好消息。」

侍女長和吸血妃們收下各樣東西，就退下了。

我順便告訴真祖，我在迷宮都市近郊的實驗農場有種番茄，明年開始就會定期採收新鮮番茄。

「那是不是要派我眷屬的紅蝙蝠和血炎狼，去掃蕩害獸保護實驗農場呢……」

「麻煩點到為止喔。」

受不了，區區番茄，莊重一點好嗎？

想不到真祖是這種愛吃鬼。

「庫羅！快來談正事！」

唯佳焦急地大喊。

「好好好——」

「正事？」

「聽說班的城堡裡，有班專用的石窯，能不能借來烤披薩？」

「當然是歡迎之至。最好還能將披薩食譜傳授給我城裡的主廚。」

「那當然。」

其實我可以用土魔法製造臨時窯來烤披薩，但是年代久遠的石窯，烤起來才好吃。

我跟常夜城的主廚聯手，大概花了兩小時烤出披薩。

之所以花這麼多時間，是因為我要從麵團與番茄醬開始做起，才能教會主廚。

另外要提升石窯溫度也得花時間的。

「好吃啊啊啊啊！」

「不是要你用自己的話來吶喊嗎？」

骸吃了披薩就像美食漫畫、美食動畫那樣怒吼，吃著披薩的鎧不禁吐槽。

骸是木乃伊，吃披薩我還可以理解，但是空洞洞的鐵甲鎧吃起披薩還牽絲，看起來超神奇的。

幸好這個世界沒有殘忍到變成不死族就沒味覺了。

「我的黑暗盟友真祖班，怎麼啦！披薩不合你高貴黑暗眷屬的胃口嗎？」

「別找我說話，我正在享受與披薩重逢的感動。」

「是喔，抱歉。」

唯佳發問，真祖閉著眼睛回答。

真祖咬了一口就定住不動，我還以為搞砸了什麼。

「窯烤披薩，果然美味。」

唯佳手拿著汽水吃披薩，看著我笑開懷。

「庫羅！我真沒想到能在異世界吃起披薩，接著希望能重現可樂啊。」

「可樂？別說食譜，我連材料都不知道，不行啦。」

「材料不就是可樂果實嗎？」

我可沒聽過哪棵樹會長可樂果實的。

所以隨口應付唯佳一句：「我研究研究。」

「再來杯汽水，下次烤披薩要來個烤雞口味。別搞錯了，我要鬆軟軟的厚餅皮，邊緣還要有起司才好！」

唯佳吃完一片，就接著向常夜城的侍女們點菜。

我跟其他男子組喜歡脆脆的薄餅皮，看來唯佳喜歡軟嫩的厚餅皮。

我想是因為薄餅皮才好下酒吧。

我跟骸喝著妖精葡萄酒，鎧喝希嘉酒，真祖喝著「列瑟烏熱血」加一滴少女的血。至於唯佳喝的汽水，是用果汁跟糖調配而成。果汁準備了哈密瓜、甜桃、柳橙、貝利亞四種口味。

「庫羅。」

唯佳來找我搭話。

「最新的一個唯佳，剛才對不起你了。」

「沒關係，妳已經道過歉啦。」

唯佳等下一份披薩的時候閒著沒事，跟我語重心長起來。

應該是說第一次見面的唯加突然對我發射黑洞彈的事情。

說起來容易搞混，我乾脆把第一次見到的唯佳叫做唯佳一號，第二個肉搏唯佳叫做唯佳二號，現在跟我聊天這個中二病發作的唯加叫做唯佳三號吧。

「怎麼？你被同胞佛露妮絲給推倒了？」

「我這黑暗眷屬怎麼可能做那色情舉動！」

真祖應該也是在開我玩笑，但唯佳三號面紅耳赤，揮舞雙手否認。

「妳就是這樣才一直當『鐵處女』啊。」

「不、不要說這種丟臉話！尊重大和撫子的純潔！」

沒有啦，「鐵處女」是刑具的名字好嗎。

「班跟鎧就別捉弄小朋友了。」

骸教訓兩人。

照之前的感覺來看，骸應該也會跟著開玩笑才對啊——我這才想起骸可是唯佳的照護人呢。

唯佳一號打爛的造景，已經重新創造出一個造景空間，由骸手下的木乃伊們重建中。

「我不是小朋友！還不是你們一天到晚對新的唯佳鼓吹『勇者很危險』，唯佳看了庫羅的稱號才會恐慌啊！」

「說這什麼話，之前出現在我們面前的勇者都——等等，妳剛才說『唯佳看了庫羅的稱號才會恐慌』？」

「對，我有聽見。」

骸與鎧聽了唯佳三號的話，緩緩起身。

氣氛好像非常緊張喔。

看來勇者稱號讓他們吃過不少苦。

「等等，庫羅是我的朋友，常夜城的貴客，要是加害於他，便是與我全族為敵。」

我還以為真祖會加入骸跟鎧找我作對，結果他反而站到我面前擋住兩人。

或許這是身為貴族的矜持，我還挺開心的。

「嘿嘿嘿，班你真是迂腐了。」

「要是袒護愚神巴里恩的傀儡勇者，可不能饒你啊。」

看來兩人只討厭巴里恩神召喚來的勇者。

那麼——

「等等！」

我闖到真祖面前，想解開誤會。

「庫羅，別過來，或許你不怕鎧，但是等級五十沒辦法對付骸啊。」

真祖好言相勸。

看來他有鑑定類技能，看到庫羅的公開等級。

「什麼不怕鎧啊，多講的。」

鎧聽了不太開心。

「就是啊——連骸也不必怕，就算是巔峰期的我，只要庫羅手一揮就打扁啦。」

「「「啥？」」」

唯佳三號此話一出，三人全都往我看。

看來她知道我等級高達三百一十一。

「巔峰期的唯佳已達人類極限，竟然會被庫羅打扁？」

「難道——你是神？」

鎧愣著半信半疑，骸相信唯佳三號的話，殺氣與瘴氣又比剛才強上好幾級。

「不是啦——佛露妮絲。」

「對啊，庫羅的種族是人族，名字跟技能可以假裝，但是種族假不了。」

我先否認，唯佳三號接著掛保證。

「順便告訴各位，我並不是巴里恩神召喚的勇者。」

我現在還不知道怎麼會跑到這個世界來，但是這點可以確定。

因為我是在聖留市的「惡魔迷宮」打倒上級魔族之後，才獲得勇者稱號。

「那你是誰召喚來的勇者？」

「我是到了這個世界之後才拿到勇者的稱號。我有活在日本的記憶，但是不確定算轉移還是轉生，只知道睜開眼就在一片荒野上，還給了我什麼獨特技能。」

殺神跟流星雨與正題無關，就省略了。

總之骸跟鎧知道我不是召喚勇者，火氣也消了。

「原來庫羅是『暴發戶』啊，抱歉啦。」

「不好意思啊，庫羅。」

骸跟鎧向我道歉。

看來危急狀況是解除了。

「每個巴里恩的勇者跑到迷宮下層來，都只想消滅我們啊。」

鎧說了他為何殺氣騰騰。

這麼說來，攻打「樓層之主」之前去過西公會，賽貝爾凱雅小姐說迷宮裡有「骸王」「深淵血王」「鋼王」「小鬼姬」四大魔王，烏夏娜祕書官說那只是創作的故事。

應該是勇者信以為真才跑來討伐吧。

「好吧，我們長這樣也沒辦法。」

「說這什麼話！我長得惹人憐愛，但是勇者一看到頭上的角就大喊『哥布林魔王！』卯起來用獨特技能打我啊！」

「這也是難免，巴里恩的勇者能看到同胞佛露妮絲的稱號啊。」

唯佳大抱怨，真祖安撫過去。

這麼說來，唯佳只要改變人格，除了獨特技能之外的技能組、等級，甚至稱號都會改變，她目前的稱號就相當厲害。

用鑑定技能看到唯佳一號也有的「隱者」稱號，但是用ＡＲ顯示可以看到她有更多稱號。

主要有我打倒魔王時得到的「真正的勇者」，剛才唯佳提到的「哥布林魔王」，還有「小鬼姬」「到達人類極限之人」「小鬼人族末代之子」等等。

最後那個稱號有點沉重，也不是可以問好玩的事情，就當沒看到吧。

「佛露妮絲是魔王？」

「嗯？喔，你是說『哥布林魔王』這個？可不是獨特技能用太多把『魂器』弄壞了才變『魔王』喔。是一群蠢勇者、想出名的騎士跟貴族軍隊要來打我，我打爆他們，被生還者傳出去，不知不覺就變稱號了。」

聽說「小鬼姬」稱號也是這樣來的。

至於雅潔小姐提過的「哥布林魔王」好像另有其人。

看唯佳表情有點難過，或許是她認識的人吧。

「這傢伙最後連魔王都打爆啦。」

鎧邊說邊敲敲唯佳三號的腦袋瓜。

「住手！都是那個笨魔王，害我的稱號一時變成『真正的勇者』啊！」

「能打爆魔王，不是很厲害嗎？」

回想起剛才對打「太古根魂」我認為她應該辦得到。

「以前等級有九十九，對上等級八十左右的魔王不算什麼。」

唯佳三號表示打贏理所當然，表情有些得意。

「剛才鎧說到『人類極限』，指的就是等級九十九嗎？」

機會難得，我問問一直很想知道的事情。

「對，我升到等級九十九的時候，稱號就多了個『達到人類極限之人』。」

唯佳三號說獲得這個稱號之後，就算賺取從等級九十八升到九十九的經驗值的兩倍，也沒有升級，所以人種——或者說至少小鬼人族的極限就是等級九十九。

「哎呀？可是妳現在等級只有五十二，是有什麼偽裝技能，還是靠裝備掩飾？」

「沒有喔，我現在的等級就是五十二。」

「等級會降低的喔？」

難道就像以前玩過的電腦遊戲續作，只要偷懶等級就會降低？我想問問看。

「怎麼可能！是因為我創造出新的自我，代價就是等級要掉三成啦。」

聽說這是獨特技能「身心代謝」的效用，名字聽起來有點搞笑。

一旦轉為新人格，技能與稱號就會消失，但是用新人格去學習以前會的技能，所需的技能點數比較低。而且新人格的特性可以自行設定。

當舊人格拿回身體控制權，技能組與稱號都會復原，但是等級沒辦法恢復到舊人格的水準。

「說到等級——唯佳，妳剛才說的很有意思喔？」

骸問了唯佳三號。

應該是說唯佳在巔峰期都贏不了我的事情。

「呃——」

「這小子等級多少？」

唯佳三號想裝傻，骸又追問。

「庫羅的等級是——」

唯佳對我使個眼色，我搖搖頭。

「——保密。」

看來唯佳答應不說出我的等級了。

「這跟說出來一樣啊——等等，你剛來我家的時候，說狗頭已經被討伐了——所以你當時說的勇者，原來就是你啊……」

骸看著我，我點頭承認。

「我也是這次才聽說那個狂信徒復活了，不過既然被除掉就沒事啦。」

「克洛也懂黑暗美學，缺點是太討厭神了。如果他跟骸舉辦神明批鬥大會，肯定沒完沒了喔。」

真祖和唯佳三號對於狗頭被我除掉，似乎沒什麼芥蒂。

反正狗頭好像被除掉過很多次，又一直復活，應該不是什麼稀奇的事情吧。

「嘿嘿嘿，想不到竟然有勇者可以打贏狗頭啊。」

「真的，等級最少要一百二，搞不好還是等級一百五的妖怪喔。」

對不起，是一百五的兩倍多。

「有何不好？庫羅不會危害我們，而且我們命硬，認真開溜起來，連神都逮不到我們。」

真祖也替我掛保證。

我們才不過認識半天，怎麼會這麼相信我呢？

「活得久了，看人的眼光也精準啦。」

真祖發現我在看他，對我撥頭髮拋媚眼。

吸血妃們請不要看著我吃醋好嗎。

言歸正傳——

「佐藤。」

我解開變裝，變回佐藤的樣子。

我認為人家信我，我就要信人。

「好年輕啊……」

「佐藤？這是本名？」

「我本來姓鈴木啦，但是跑到這邊名字就成了佐藤，現在感覺佐藤比較像本名了吧。」

「庫羅叫庫羅就行。」

「好吧，名字只是符號。」

這麼說來，骸跟鎧也不是本名啊。

「我不是這個意思。庫羅，我城內的侍女們即將除勤回到地上。我想侍女們應該不至於胡說八道害了我的朋友，但知道得少，麻煩也少。若你要在此出入，該用庫羅的外表與名字。」

那個中年侍女長已經看到我的佐藤樣了好嗎？

「不必擔心費德樂卡，她說過死了要葬在常夜城，就算有個意外離開本城，我敢保證她也絕對不會洩漏出去。」

真祖發現我的眼神，拍胸脯保證。

侍女長小姐面不改色，但是感覺非常自豪。

其他人也沒有異議，我就變回庫羅的樣子。

「好吧，那我在迷宮下層就是庫羅了。」

我說了，其他人都點頭。

後來披薩吃完了，差點舉辦握壽司節跟不分級將棋大賽，但是天也快亮了，我決定先向常夜城告辭。

「等等，我先跟新的我交換。」

唯佳三號說了閉上眼，睜開眼之後表情就變了。

「啊，當時驚慌失措，真是抱歉了。」

唯佳一號對我磕頭賠罪。

美少女磕頭的光景，看來相當殘暴，我這個吃虧的人反而像是反派。

「不必了，三號已經道過歉啦。」

我輕拍唯佳一號的肩膀，要她抬起頭來。

「……你說三號？」

哎呀，這樣她聽不懂。

「就是自稱佛露妮絲．拉．貝爾．菲優，還是漆黑美姬的那個人啦。」

「啊！初代大人是吧！」

看來唯佳一號把三號稱呼為初代。

「是初代大人阻止我的對吧？明知道你不會出手攻擊，我還是怕得停不下來啊。」

看來她們在夢中還是可以溝通，了解對方部分資訊。

「對了，庫羅——」

我跟唯佳一號聊到一個段落，準備要告別的時候，骸找我說了。

「你在地上要是被神追打，我可以幫忙，但是其他時候別常來下層啊。」

「怎麼，你這小氣巴拉的老頭子。」

鎧抱怨一句，骸拍了他的盔甲。

「說什麼小氣，瘴氣都會聚集在地底，對人類肉身不好啊。」

這麼說來，迷宮都市裡瘴氣比較濃的時候，也會有比較多人瘴氣中毒。

根據我用瘴氣視觀察的結果，這裡的瘴氣比迷宮都市的高瘴氣狀態還嚴重。

「我的地盤上瘴氣特別濃，如果沒有唯佳那種把瘴氣轉為魔力的獨特技能，太危險啦。」

「說來也是，新到我城裡服勤的侍女們，在學會耐性技能之前，都得去瘴氣較少的淨化室避難呢。」

原來如此，潔娜小姐跟還沒當上侍女的奴隸們，原本待的地方就是淨化室啊。

「嘿嘿嘿，我們需要瘴氣，所以可不能淨化喔。」

看來不能大開精靈光，或是開聖碑淨化瘴氣。

「庫羅，骸是那麼說，我常夜城可不會豎高牆擋住朋友，你隨時過來玩。」

意思是來陪你下將棋？

「我的地盤瘴氣也有點濃，如果這裡有什麼好東西吃，隨時找我，我會帶瑟美黎來玩。」

「如果有壽司，我也會來玩。班跟鎧的將棋功夫太差，跟別人下幾手也不錯。」

「嗚嘿嘿嘿，少來，誰要看老頭子耍傲嬌啊。」

「囉嗦！」

我不管骸跟鎧鬥嘴，轉頭看著唯佳一號與真祖。

「啊，要跟初代大人換班是吧——」

唯佳的表情又換成唯佳三號。

「這是在客氣什麼？」

唯佳三號嘀咕起來，口氣有點老成。

「我會在同胞班的城裡叨擾一陣子，下次碰面應該是穩重的我，好好關照她啊。」

「好，下次我會帶各種伴手禮過來。」

剛才披薩派對的時候有提到，唯佳的住處重建好之前，要先借住真祖的常夜城。之所以不住骸與鎧的據點，是因為她怕妖魔鬼怪。

我想吸血鬼也是十足的妖魔鬼怪，不過這裡有很多普通人，住起來應該很舒服。

唯佳在這裡不算食客，因為她用獨特技能創造了最適合種番茄的空間，當作住房的報酬。

希望也給我個耕種空間啊。

其實我拜託，她應該會幫忙，但是這個時機拜託好像是在威脅人家，我看等之後更熟了再說吧。

「庫羅，也別忘了葡萄酒啊。」

「『列瑟烏熱血』是吧？如果鋪子裡沒有，我會去酒莊跑一趟。」

真祖提醒我，我微笑回答，然後離開了滿是轉生者的快樂迷宮下層。

尾聲

「我是佐藤。俗話說無心插柳柳成蔭，費盡千辛萬苦找不到的東西，可能不小心就從別人手裡冒出來。人脈很重要的啊。」

「歡迎主人回來。」

「姆，隔夜回。」

回到大宅裡，是蜜雅跟亞里沙出來應門。

小玉跟波奇去牧場幫忙，莉薩跟娜娜繞著迷宮都市外面跑步，露露跟米提露娜等女僕們下廚，卡麗娜小姐她們還在夢鄉裡。

「好了啦，蜜雅，主人是去調查迷宮下層——」

「香水。」

亞里沙本來打算幫我開脫，但是一聽到蜜雅吐槽，立刻把臉埋在我的長袍上聞個不停。

「有好幾個香味，難道——」

亞里沙吃了一驚，又把臉埋進我的長袍。

「太久。」

亞里沙開始用臉磨蹭我，蜜雅敲了她的腦袋。

「抱歉抱歉。那主人呢？嘴上說要調查迷宮下層，該不會是去搞外遇的吧？」

「我對雅潔小姐發誓，絕對沒有搞外遇。」

「嗯——嗯？」

蜜雅先是微笑，隨即又想到什麼不滿意的事情而氣鼓鼓。

小朋友真難相處。

「所以，迷宮下層有女人嗎？」

「這點說來話長，吃完早餐再說吧。總之迷宮下層的轉生者，大致上是友好的。」

「大致上？」

「如果我們跟對方為敵，對方會毫不留情消滅我們吧。」

畢竟骸可是跟神明找碴的人物啊。

◆

「主人，我來啦。」

吃完早餐，我要亞里沙單獨前來辦公室。

「我一個人來就好了嗎？」

「對啊，有件事情只能說給亞里沙一個人知道。」

「獨特技能的事情？」

亞里沙問，我點頭。

「說來話長，總之我把聽到的事情轉告給妳。」

亞里沙這樣的轉生者，獲得神明以「神之碎片」的形式賦予威能，才能使用獨特技能。

「神之碎片」放在「魂器」裡面，如果過度使用獨特技能，「魂器」就會受損，要是損壞到無法自行修復的地步，就是變成「魔王」。

如果強制取出「神之碎片」，人就會魂飛魄散而死，或者煙消雲散。

接著告訴她注意事項。

獨特技能有限制使用次數，只要遵守限制，基本上就沒有危險。

當身體或心理狀況不佳的時候，使用獨特技能會更危險。

像亞里沙「力量全開」這種一招斃命類或突破極限類的獨特技能，要是沒有拿捏好，瞬間就會突破極限變成魔王，非常危險。

「原來喔——是說我轉生的時候，神明也提醒我不可以用太多呢。」

亞里沙若有所思地聽下去，然後對我這麼說，笑逐顏開。

「神明有這樣提醒妳喔？」

「嗯，然後還祝我有個幸福又充實的人生呢。」

我還以為是魔神安排亞里沙投胎，或許也不是吧？

話說回來，神話裡面描述的魔神會創造魔族跟魔物，找其他種族的麻煩，但這或許是被其他神明扭曲之後的故事吧？

比方說有其他哪個誰創造魔族跟魔物，還是說魔族跟魔物有我們不知道的重要使命之類的——

「還有啊——喂，主人？」

「啊，抱歉抱歉，我剛剛胡思亂想了一下。」

資訊太缺乏了，先保留吧。

「想些什麼？」

「就，魔族跟魔物是為什麼誕生的？這樣。」

「嗯——很有趣的題目啊。反正這次要去王都，可以問問王家學院的教授，還是去王城圖書館找個資料，應該很好玩喔。」

原本去王都只是要參加王國會議、拍賣會，然後閒逛觀光，如果再來點學術研究，肯定歡樂加倍。

「不錯喔，去見太守夫人的時候，請她寫份推薦信給王家學院吧。」

至於王城圖書館呢，我變成勇者無名的時候可以跟國王要個圖書證，不然就是變成庫羅，請越後屋商會的掌櫃或蒂法麗莎去弄一張圖書證。

「我要岔題一下，這個——」

我從道具箱裡拿出東西交給亞里沙。

「好可愛的胸針喔。」

「這是我向其他轉生者要來的『魂殼花環』，有辦法保護『魂器』。」

我告訴亞里沙「魂殼花環」有何功能，以及怎麼確認保護狀態，並給她萬靈藥。

這是之前在波爾艾南村，我自己做的高品質萬靈藥。

「這個要放在亞里沙的道具箱裡。」

「這樣好嗎？我記得主人只做了一瓶吧？」

「沒問題。有些中間材料做起來頗花時間，現在沒辦法馬上做，但是只要有三個月就能量產了。」

「既然如此，我就先收著了。謝謝主人——」

亞里沙輕輕吻了我的臉頰。

她滿臉通紅，拿著「魂殼花環」對我說：「主人幫我別上吧。」我就幫她別在胸前。

「耶嘿嘿～好看嗎？」

「好看好看。」我點頭這麼說，亞里沙說聲：「那我去給大家看！」就跑掉了。

連辦公室的門都忘了關，可以聽到亞里沙在客廳裡炫耀。

好吧，今天晚上就排定要幫大家做胸針了？

◆

「老爺，有客人求見。」

亞里沙才出去跟大家炫耀「魂殼花環」，女僕長米提露娜小姐就進來辦公室。

用雷達顯示來看，客人是潔娜小姐。

「客人是姓馬利安泰魯，老爺認識嗎？」

「對，是我的好友，或許有什麼急事吧。」

約好要拜訪的賓客中沒有潔娜小姐的名字，米提露娜小姐有點吃驚。

這個國家沒有電話，基本上要造訪貴族宅邸之前，都要寫信通知。

「在會客室？」

「很抱歉，對方穿得像軍人，所以請她在門口等著。」

「好吧，那我出門接她，米提露娜就泡個茶來。」

「呃，遵命。」

米提露娜小姐沒想到我竟然要自己去接人，口氣訝異。

「佐藤先生。」

潔娜小姐看我走出門來，鬆了一口氣。

米提露娜小姐說的沒錯，潔娜小姐今天穿著聖留伯爵領軍的軍服。

我跟潔娜小姐約好是中午見面，或許她有什麼軍方的任務急著要辦吧。

「早安啊潔娜小姐。」

「抱、抱歉這麼早就來打擾。」

我邊聊邊打開鐵閘門，潔娜小姐用力鞠躬，都快聽到風聲了。

「這沒關係，請進吧。」

潔娜小姐站在門口不動，我請她進門。

——哎呀？

潔娜小姐的表情好像莫名緊張。

「佐、佐藤先生！」

潔娜小姐認真地喊了我的名字。

雙眼濕潤，臉頰微紅，看來就像個準備告白的高中女生。

這酸酸甜甜的氣氛頗肉麻。

「佐藤先生，請聽我說。」

「好。」

潔娜小姐握緊拳頭，鼓起勇氣抬頭看著我。

沉默片刻之後，潔娜小姐開口了。

「佐藤先生，其實我——」

後記

各位好，我是愛七ひろ。

非常感謝各位讀者能購讀《爆肝工程師的異世界狂想曲》第十四集！

這次跟上一集相隔四個月。

去年十二月出版第十二集，今年一月是外傳Ex，今年三月是第十三集，相當緊湊，感覺起來這集隔了很久。不過第一到第十一集大概都是四個月一本，感覺算是回歸常軌了吧（註：以上均指日文版時間）。

電視動畫順利完結，現在可以在網路上的動畫播放網站看到，錯過的朋友請務必把握機會。

藍光版應該發行到第四集，有興趣的朋友請把握。

藍光版附贈了外傳故事《爆肝工程師的現代狂想曲》，頁數多達兩百一十頁（每一集有二十五到五十六頁的份量）。

故事描述潔娜跟同伴們來到佐藤一郎（佐藤）所在的現代日本，可以欣賞奇幻世界夥伴在現代是如何手忙腳亂。

我把故事舞台設定在東京一帶的觀光景點，跟著佐藤一行人的腳印走，應該也很好玩。

剛才都在談動畫的事情，差不多該聊聊本集的重點了。

看到封面上潔娜小姐的大插圖，各位應該就知道，第二集尾聲在聖留市離別的潔娜小姐，相隔十二集之後又出現在正傳裡了！

畢竟她在動畫裡面幾乎是女二的份量，而且這兩集的正傳最後都有潔娜短篇，應該也沒有那麼疏遠。潔娜是我很喜歡的一個角色，難得能大寫特寫她的故事，我心滿意足。

既然要跟懷念的老友重逢，我本來打算整本都寫得開開心心，可惜這也行不通。

因為上一集打倒的狗頭魔王，說了許多危險發言。

「四個月之前看的我哪記得！」讓我為這樣的朋友複習一下，大概就是「亞里沙這樣的轉生者體內有『神之碎片』，這個『神之碎片』可能讓人變成魔王」。

沒錯，「神之碎片」就是打倒魔王時所出現的紫光。只有用那把說話口氣邪門的神劍才能消滅它。

網路版的佐藤不太在意這件事情，但是紙本書的佐藤就有在意。

後記

佐藤會為亞里沙做什麼？跟潔娜等人重逢又會聊什麼？請一併欣賞。

然後我是不能寫什麼來爆雷，不過正傳尾聲的新場面裡，佐藤會跟某個角色併肩作戰，面對強敵。如果讀者以為跟網路版的情節一樣，看到一半就不看，我保證一定會後悔。請務必看到最後。

要是爆太多雷會挨罵，所以第十四集的內容簡介就到此為止。

在鳴謝之前做個宣傳。

あやめぐむ的漫畫版《爆肝工程師的異世界狂想曲》第七集，以及瀨上あきら的漫畫版《亞里沙公主的異世界奮鬥記》即將於下個月出版，但是這次並非同時出版，請多注意（註：以上均指日本發行狀況）。

前者的進度在小說第三集後半的魔法藥交貨篇最高潮，後者是「爆肝Ｅｘ」中亞里沙外傳短篇的漫畫版。

兩本都畫得精美又溫馨歡樂，請務必購讀。

還可以看到原作小說插圖沒有畫出來的角色，一舉兩得喔～

照往例來鳴謝！

感謝Ａ與Ｉ兩位責任編輯，提供糾正與修改意見，提昇許多場面的可看性，創造故事的高潮迭起。兩位能明確指出作者容易漏掉的重點，非常有幫助，希望兩位往後能持續鞭策指教。

ｓｈｒｉ先生每次都替我畫出精美插圖，為爆肝世界增添色彩，感激不盡。

目前我只能看到封面草稿跟新角色設定稿，每次都精美得讓我等不及要看成品。我想成品一定比我想像得更好，說不定最期待作品出版的就是作者我本人。

同時在此感謝角川ＢＯＯＫＳ編輯部的各位，以及本書出版、物流、販賣、宣傳、跨媒體等所有相關人士。

最後，對各位讀者致上最高謝意！

感謝您願意讀完本作品！

下集，迷宮都市啟程篇，我們再見了！

愛七ひろ

國家圖書館出版品預行編目(CIP)資料

爆肝工程師的異世界狂想曲 / 愛七ひろ作；李漢庭譯. -- 初版. -- 臺北市：臺灣角川, 2019.07-
冊；　公分
譯自：デスマーチからはじまる異世界狂想曲
ISBN 978-957-743-078-6(第13冊：平裝). --
ISBN 978-957-743-347-3(第14冊：平裝)

861.57　　108007848

Kadokawa
Fantastic
Novels

爆肝工程師的異世界狂想曲 14

（原著名：デスマーチからはじまる異世界狂想曲 14）

2019年11月13日　初版第1刷發行

作　者：愛七ひろ
插　畫：shri
譯　者：李漢庭

發行人：岩崎剛人
總經理：楊淑媄
資深總監：許嘉鴻
總編輯：蔡佩芬
編　輯：吳欣怡
美術設計：李思穎
印　務：李明修（主任）、張加恩（主任）、張凱棋

發行所：台灣角川股份有限公司
地　址：105台北市光復北路11巷44號5樓
電　話：（02）2747-2433
傳　真：（02）2747-2558
網　址：http://www.kadokawa.com.tw
劃撥帳戶：台灣角川股份有限公司
劃撥帳號：19487412
法律顧問：有澤法律事務所
製　版：巨茂科技印刷有限公司
ＩＳＢＮ：978-957-743-347-3